엄마의 잔소리가 좋아서
밑줄 긋는 그날까지

엄마의 잔소리가 좋아서
밑줄 긋는 그날까지

인생 선배인 엄마가 딸에게 건네는 인생 조언

초 판 1쇄 2024년 07월 23일

지은이 전미령
펴낸이 류종렬

펴낸곳 미다스북스
본부장 임종익
편집장 이다경, 김가영
디자인 임인영, 윤가희
책임진행 이예나, 김요섭, 안채원

등록 2001년 3월 21일 제2001-000040호
주소 서울시 마포구 양화로 133 서교타워 711호
전화 02) 322-7802~3
팩스 02) 6007-1845
블로그 http://blog.naver.com/midasbooks
전자주소 midasbooks@hanmail.net
페이스북 https://www.facebook.com/midasbooks425
인스타그램 https://www.instagram.com/midasbooks

© 전미령, 미다스북스 2024, *Printed in Korea*.

ISBN 979-11-6910-737-2 03810

값 18,000원

미다스북스는 다음세대에게 필요한 지혜와 교양을 생각합니다.

엄마의 잔소리가 좋아서

밑줄 긋는 그날까지

전미령 지음

미다스북스

여름

풀리지 않는 문제,
선택의 갈림길에 선 딸에게

가을 〉

이해와 노력의 결실로
무르익은 열매

겨울 ╯   가깝고도 먼 모녀 사이,
        그 틈을 싹틔우게 할 '애착 씨앗'

프롤로그

서점에서 아이가 읽을 책을 고르던 중 예쁜 표지에 한 번, 그리고 제목에 두 번 마음을 빼앗겨 계획에 없던 소비를 하게 되었습니다. 과소비라 생각했던 그 구매가 제 운명을 바꿀 것이라는 사실은 전혀 예상치 못했습니다. 그날, 제 운명을 바꿔 준 책을 쓰신 작가님께 감사의 인사를 올립니다.

별 볼 일 없이 단란한 가정을 잘 꾸려 나가던 찰나에 남편의 사업으로 인해 기러기 부부가 되었습니다. 아이를 혼자 키우다시피 한 저의 30대는 정말 지옥 같았습니다. 그러다 도저히 일과 육아를 병행할 수 없어 전업주부로 눌러앉았습니다. 그 후, 저의 삶은 우울함의 극치에 달했습니다. 육아로 인해 점점 마녀가 되어 가던 와중에 꿈을 소재로 한 책을 만나게 되었습니다.

살아 있는 모든 것에 에너지가 있다는 사실을 일깨워 준 그 책. 인간으로서 에너지 없이 살아온 저의 나날들을 반성하는 시간을 가지게 되었습니다. 그 책을 통해 제 삶을 다시 한번 되돌아보게 되었습니다.

그때 마침, 딸이 제게 "엄마는 꿈이 없어?"라고 물었습니다. 그 질문은 저에게 삶의 의미를 다시 일깨워 준 계기가 되었습니다. '자신에게 만족하지 못하는 사람은 끊임없이 복수할 준비를 한다.'라는 말이 순간 와닿았습니다. 어쩌면 저는 스스로를 통제하지 못해 끊임없이 자신을 괴롭히면서 복수하며 살았는지도 모르겠습니다. 지금껏 딸로서, 부모로서, 동료로서의 역할만을 하며 살아왔습니다. 아니, 어쩌면 연기해 왔다는 표현이 더 맞을지도 모릅니다. 나 자신으로 살았던 시간이 언제였는지, 마치 먼지가 쌓인 지 오래된 책처럼 머릿속에서 까마득히 잊혀 버렸습니다.

활기찬 인생을 위해 진정으로 원하는 것이 무엇인지 깊이 생각해 보았습니다. 그 결과, 19년 만에 다시 글을 쓰기로 결심하고 어린 시절 꿈꾸었던 작가의 길을 다시 도전하게 되었습니다. 하지만 어디부터 어떻게 써야 할지 몰라 고민하던 중 모녀 사이에 대해 적어 보기로 했습니다. 그것이 점차 한 문장이 한 단락으로, 한 페이지로 발전해 나가며 책을 쓸 만큼의 내용이 모였습니다. 어린 시절 포기했던 꿈을 다시 떠올리며 글을 쓰기 시작한 것은 제 삶에 새로운 전환점을 마련해 주었습니다.

이 책은 그렇게, 엄마와 딸의 이야기를 담았습니다. 엄마와 딸의 성장 이야기, 그리고 그 속에서 발견한 삶의 의미와 가치.

직장에서는 회사가 부여한 직책으로 불리고, 부모님에게는 부모님이 지어 준 이름으로 불리지만, 딸에게는 '엄마'라는 소중한 호칭으로 불립니다. 회사의 직책은 바뀔 수 있고, 이름도 개명할 수 있지만, '엄마'라는 두 글자는 바꿀 수도, 변할 수도 없습니다. 그 누구도 대신할 수 없는, 오롯이 저만을 위한 독특하고 소중한 호칭입니다. **'엄마'라는 이 두 글자는 저에게만 주어진 중요한 훈장과도 같아서, 저를 뜨겁게 만들었습니다.**

아이가 생기지 않을 때 아이를 갖게 해 주면 더 바랄 것이 없다고 생각했고, 아이를 갖게 되면서는 건강하게만 태어나게 해 주면 더할 나위 없이 감사하다고 느꼈습니다. 그러다 지금 딸을 보며 사춘기만 무사히 건너가길 바랍니다. 시간이 좀 더 흐르면 딸이 좋은 남자를 만나 행복하게 살길 바라게 되지 않을까 싶습니다.

누군가가 저에게 가장 중요한 순간, 가장 중요한 사람, 가장 하고 싶은 일이 무엇이냐고 묻는다면, 저는 주저 없이 답할 겁니다. **가장 중요한 순간은 지금이고, 가장 중요한 사람은 딸이며, 가장 하고 싶은 일은 딸과 함께 웃는 것이라고요.**

보통은 엄마가 아이의 우주라는 말을 많이 하지만, 저에게는 딸이 제 우주 같습니다. 마치 저에게 성장하는 방법을 가르쳐 주는 우주학원 같습니다.

딸은 때로는 어른보다 더 성숙한 말투와 행동으로 저를 더 강하게 만들어 주었습니다. 젊은 시절보다 훨씬 강해진 저의 정신력은 딸 덕분에 성장했고, 여리고 연약했던 저의 마음은 이제 단단해지는 법을 배웠습니다. 혼자서도 당당히 나아가는 힘을 얻었고, 딸을 보호할 여유까지 갖게 되었습니다. 제 안의 부정적인 성격이 딸 덕분에 긍정적으로 바뀌었으며, 무뚝뚝했던 제 얼굴에도 이제 미소가 자리 잡기 시작했습니다.

사람의 감정이 롤러코스터처럼 수시로 변하듯이, 자녀와의 관계도 항상 좋기만 할 수는 없습니다. 가끔은 내가 낳은 아이가 저 아이가 맞나 싶을 정도로 낯설다가도 또 어느 순간은 너무 예뻐 죽을 거 같을 때가 많습니다. 아마 모든 부모님의 공통된 생각이 아닐까? 싶습니다.

그럼에도 아이보다 조금 더 살아 본 인생 선배이자 엄마로서 아이에게 남겨 줄 수 있는 경험과 조언, 그리고 바람을 적어 보았습니다. 미래에 나 없이 살아가야 할 날들에 조금이나마 도움이 되길 바라면서 이 따스한 잔소리를 한 글자 한 글자 정성스럽게 적었습니다.

가끔 아이가 참말로 밉고 짜증 날 때 이 책을 읽어 보시길 바랍니다. 아마 책을 읽다가 보면 아이와의 추억이 새록새록 떠올라, 그 생각에 잠겨 다시 책을 덮을 수도 있습니다. 네. 바로 그겁니다. 그것이 바로 제가 이 책을 쓰게 된 계기이자 목적입니다. 아이가 부모를 힘들게 할 때 위로 차원으로 펼쳐 보는 책. 그러다가 다시 내 아이와의 추억여행에 빠지게 되며, 아이에게 가졌던 서운한 마음을 치유해 주는 마법서 같은 책이 되길 바랍니다.

이 책은 심오하고 철학적인 의미를 부여한 책이 아니라, 직접 경험한 이야기를 토대로 쉽게 읽을 수 있도록 구성되어 있습니다. 서로에 대한 오해와 갈등을 통해 세대 차이를 인지하고 이해하며, 모녀 사이 소통의 중요성을 보여 주려고 노력했습니다.

이 과정을 통해 모녀 사이의 유대감과 관계의 소중함을 깨닫고, 삶의 진정한 의미와 행복을 찾는 데 필요한 생각과 조언의 요소를 따뜻하고 재미있게 담아 보았습니다. 모녀가 서로를 더 깊이 이해하고, 삶의 소중한 순간들을 공유하며, 서로의 삶에 있어 더욱 빛나는 존재가 될 수 있기를 희망합니다. 이 세상 모든 엄마와 딸의 좌충우돌 삶이 또 한 추억이 되어 현재 아픈 마음을 치유하길 바랍니다. 나아가 미래를 향해 서로의 두 손을 꼭 잡고 함께 한 걸음 더 가까워지는 모녀가 되길 바라는 마음입니다.

엄마와 딸 사이는 대체 어떤 사이일까요? 엄마와 딸 사이는 아들과 달리 '동성'이라는 공통된 요소에서 시작되는 점에서 벌써 특별한 사이가 된 것입니다. **'나중'이라는 단어는 이 순간이 모여 만들어진 결과입니다. 그러니 딸과 함께 오늘을 차곡차곡 쌓아서 '나중'을 만들어 가길 바랍니다.**

자아를 찾기 위해 애쓰다 보니 어느새 어른이 되었습니다. 어쩌다 어른이 된 엄마가 인생 선배로서 들려주는 따스한 잔소리의 서막을 이제부터 열어 보겠습니다.

봄 /

서툰 엄마가
딸에게 보내는 첫 애정

평범하지만,
특별한 너와의 첫 만남

13년이 지나도 그날의 기억은 여전히 생생하고 뚜렷하구나. 기억력이 엄청 좋은 편은 아니지만, 엄마에게 그날은 잊을 수 없는 순간이야. 너는 엄마에게 영원한 사랑의 상징 같은 존재야. 네가 이 세상에 태어날 때의 모든 순간을 마치 연설문처럼 능숙하게 이야기할 수 있을 정도로 뚜렷해. 그만큼 넌 엄마에게 무엇보다 귀하고 소중한 존재야. 너의 탄생은 엄마에게 잊을 수 없는 가장 아름다운 기억을 선물해 줬어.

엄마는 이른 22살 꽃다운 나이에 결혼했어. 근데 계획에 없던 임신 사실을 알게 되었어. 어린 나이에 임신한 것도 당황스러웠지만, 더 큰 어려움은 당시 엄마와 아빠 사이에 잦은 다툼이었어. 서로 다른 환경에서 각자의 생활방식에 익숙해진 우리는 자신의 방식만을 고집하며 살았지. 지금 돌이켜보면 서로 조금씩 타협하며 살아갈 수도 있었을 텐데 말이야. 그땐 그 생각을 못 했어. 시도 때도 없이 싸웠던 게 문제였을까? 아니면 엄마가 새벽 출근으로 몸을 지나치게 혹사한 게 문제였을까? 다양한 이유로 엄마는 첫 아이를 잃었어. 그 후로, 엄마에게는 아이 소식이 들려오지 않았고, 결국 불임 판정까지 받게 되었어. 임신을 포기하려 할 때, 기적같이 네가 엄마 품으로 찾아온 거야. 얼마나 소중하고 귀할까? 엄마는 아이를 잃고 4년 동안 매일 자신을 원망하고 자책했어. 그때 조금이라도 엄마의 마음을 달래 줬더라면 아마 너에게 형제가 생기지 않았을까 싶어. 그래서 너를 가졌을 때 더 조심하고 다녔어. 그렇게 좋아하던 일도 그만두고 너에게만 집중하기로 결심했어. 엄마는 교회에 가 본 적이 없었지만, 너의 태명을 '하준'이라고 지었어. '하늘이 준 선물'이라는 뜻이 담겨 있었어.

병원에서 너의 심장 소리를 들을 때, 가슴에 또 다른 심장이 함께 울리는 느낌을 받았어. 엄마 심장이 한번 쿵 하면, 따라서 조그마한 네 심장이 마치 메아리처럼 쿵 하고 되울리는 걸 느꼈어. 눈물이 많은 엄마는 그날 울음의 신기록을 세웠어.

임신 초기는 두 달에 한 번 병원에 가지만, 네가 잘 있는지 확인하고 싶어 엄마는 10일에 한 번씩 갔었던 적도 있었어. 의사 선생님이 잦은 병원 방문은 태아에게 좋지 않으니 자제해 달라고 할 정도로 자주 갔었어. 그 뒤로는 보고 싶은 마음을 꾹 참으며 정기검진만 갔어. 어쩌면 너의 뼈가 약한 이유가 초음파를 너무 봐 와서 그럴지도 몰라.

너를 잘 지켜 내기 위해서 엄마는 참 엽기적인 행동들도 많이 했었어. 과일을 좋아하는 엄마가 임신 중 한라봉을 하루에 무려 5개까지 먹었어. 그러다 문득 '네 얼굴이 노랗게 물들면 어떡하지?'라는 생각이 들어 하루에

1개씩만 먹기로 했어. 또 밀가루 음식을 좋아했던 엄마는 '네가 태어날 때 밀가루에 묻혀 태어나면 어떡하나?' 걱정되어 밀가루 음식은 아예 먹지 않았던 기억도 나. 시간이 지난 지금 생각해도 엄마가 참 엽기적이기는 했어.

산모가 잘 먹어야 아이가 잘 자란다고 해서 정말 많이 먹었어. 너무 잘 먹은 것이 문제였을까? 병원에서 임신성 당뇨가 의심된다고 했을 때, 진짜 심장이 멈춰 버리는 줄 알았어. 다행히 재검에서는 정상 소견을 받아 한시름 놓았지. 그날은 뭐든 적당히 해야 한다는 깨달음을 얻은 날이지.

39주 막달 검사할 때까지도 엄마는 모든 수치가 정상이었어. 근데 왜일까? 갑자기 진통이 오기 시작하면서 혈압이 높아지는 거야. 결국 높아진 혈압 때문에 진통은 진통대로 다 하고 수술하게 되었어.

그런데 그때 엄마 옆에 있던 산모가 위급한 상황이라 엄마의 순서가 뒤로 밀렸어. 그때는 진짜 임신 새치기한 그분이 너무 원망스러웠어. 진통이 몇 초 단위로 오니 죽을 맛이더라. 사춘기에 관한 책을 읽고 나서 네가 엄마한테 생리통이 얼마나 아픈지 물었지? 생리통보다 백만 배가 더 아픈 진통을 엄마는 한 시간을 더 버텨야 했어.

다행히 앞 산모의 수술이 잘 되어 아이가 무사히 태어난 걸 보고 안심했어. 엄마는 8번의 마취 끝에 겨우 수술을 진행할 수 있었어. 그동안 너도 뱃속에서 힘들었는지 태동도 거의 없었어. 불안한 엄마의 마음을 아는지 모르는지, 태어난 후 1분을 울지를 않았어. 그 1분이 엄마에게는 공포의 순간이었어. 네가 울음을 터트리는 순간 엄마도 같이 울었어. 핑크 속싸개에 감싸져 품에 안긴 너의 모습이 아직도 엄마의 왼쪽 가슴을 뛰게 해. 엄마의 기억 속에서 가장 예쁜 네 모습이었어. 분만 시도를 해 머리가 길쭉하게 눌려도 엄마 눈에는 하늘에서 내려온 천사 같았어. 핸드폰에 담긴 네 사진을 보고 있자니 절로 웃음이 나왔어. 카메라에 담긴 살포시 뜬 눈이 참으로 예쁘더라. 넌 어릴 때부터 카메라를 좋아했어. 지금도 카메라만 들이대면 바로 포즈를 취하는 걸 보면, 정말 타고난 것 같아.

엄마는 일주일 동안 임신 후유증으로 오른쪽 눈이 안 보였지만, 한쪽 눈으로라도 널 볼 수 있는 것에 감사했어. 그렇게 엄마의 인생에서 첫 소중한 존재를 만나게 되었어. 지금은 말도 잘 안 듣고 떼 부리고 말대꾸도 심하지만, 그래도 너의 엄마라는 사실이 엄마를 행복하게 해. 엄마는 그렇게 미숙한 자신을 벗어 던지고 한층 성숙한 자아를 만들기 시작했어.

인간의 성숙함은 미숙함을 깨 버릴 때 오는 것 같아. 미숙했던 엄마를 한층 더 성숙하게 만들어 준 존재가 바로 너라는 걸 알아줬으면 해. 성숙함으로 이끌어 준 너에게 정말 고마워. 네가 엄마에게 와 준 세상에서 제일 값진 선물임에 감사하고, 하늘이 엄마에게 다시 기회를 주신 것도 감사해.

널 키우면서 엄마는 나날이 '성장'이라는 벽을 타고 넘어가고 떨어지고를 반복하겠지. 근데 두렵지 않아. 소중한 널 위해 실패해도 다시 일어날 이유를 찾을 거니깐. 실패와 성장은 단짝인 것 같아. 실패가 없으면 성장도 없다. 그러니 실패를 두려워하지 않고 받아들일게. 네가 어떤 모습으로 어떤 일을 하던 뒤에서 묵묵히 지켜 줄게.

　하늘이 엄마에게 소중한 너를 선물해 주셨으니, 엄마는 너에게 '행복한 가정'을 선물해 줄게. 엄마의 소중한 존재여, 너의 소중함을 잊지 말아 줘.

2
단팥 같은 너

우연인지 모르겠지만, 이사하는 집마다 근처에 전통시장이 있었어. 할머니는 전통시장이 가까운 우리 동네가 부럽다고 하셨지만, 마트를 애용하는 엄마에게는 전통시장이 그다지 큰 의미가 없었어. 하지만 할머니를 닮은 너는 시장 구경하는 걸 즐겼고, 시장 음식도 좋아했지. 그중 단연 최고의 음식은 단팥빵이었어.

너는 언제나 레스토랑의 고급 음식보다 시장 골목의 정겨운 음식을 더 선호했어. 그렇게 너는 할머니와 함께 시장 골목을 거닐며 각 가게를 세심하게 관찰하는 것을 즐겼지. 마치 새로운 세계를 탐험하는 탐험대처럼 이리저리 골목을 휘젓고 다녔단다. 하물며 시장 통로에 6개월에 한 번씩 업종 변경되는 집까지 알아차릴 정도로 시장 나들이에 정말 진심이었어.

"엄마 저 집은 왜 맨날 사장님이 바뀌어?"라고 질문을 던져 엄마를 당황하게 한 적도 있었어. 가게들의 겪는 어려움을 말해 주기에는 어린 나이라

24

차마 사실을 얘기하지 못하고 둘러댄 적이 있었어. 얼마 지나지 않아 그 자리에 인상 좋은 아주머니가 빵집을 열었어. 그 뒤로 너는 유명한 빵집도 마다하고 오직 그 집 단팥빵만 고집했어. 말로만 듣던 어린 단골손님이 된 거지.

너에게 있어 하원은 하루의 끝이 아닌 새로운 행복의 시작이었어. 하원 후의 일상은 새로운 즐거움이 가득한 또 다른 시작이었지. 매일 유치원이 끝난 후 할머니와 함께 놀이터로 향하는 그 소중한 시간은 너에게 새로운 기쁨을 선사했어. 그리고 그 기쁨의 상징처럼 네 손에는 언제나 단팥빵이 들려 있었지.

그날은 오랜만에 쉬는 엄마가 할머니 대신 너를 데리러 갔었어. 네가 빵을 사는 습관을 알고 있음에도 엄마는 깜빡하고 지갑을 놓고 나간 거야. 주머니를 뒤져 보니 500원짜리 한 개만 덩그러니 있는 상황이었어. 난처한 엄마는 돈을 갖고 다시 오자고 했지만, 너의 고집을 꺾기는 쉽지 않았어. 그 모습을 본 아주머니가 300원은 나중에 주셔도 된다며 너에게 단팥빵을 건네주셨어. 부끄럽고 죄송한 마음은 엄마의 몫이었고, 행복한 마음은 너의 몫이 된 순간이었어.

다음날 유치원에서 돌아오자마자 너는 엄마에게 300원을 보여 주며, 어제 갚지 못한 돈을 갚으러 가자고 졸랐어. 까맣게 잊은 엄마는 부끄러움을 느끼며 집을 나섰어. 아주머니는 300원을 건네는 너를 보며 "야무지다."라고 말씀하셨어. 그 말에는 너의 책임감과 성실함이 담겨 있었지. 엄마는 단팥빵은 싫어할지도 몰라도, 너의 야무지고 고집스러운 면모를 사랑해. 그건 너의 독특한 특성이고, 그 속에 담긴 너의 깊은 내면을 느낄 수 있었어.

너의 작은 고집과 책임감 있는 모습은 단순한 어린이의 일상을 넘어 깊은 신뢰를 키워 나가는 소중한 순간이었어. 그건 단순히 빵을 사고파는 것 이상의 의미를 지니고 있어.

'야무지다.'라는 단어 속에 담긴 너의 고집과 성실함을 엄마는 영원히 사랑할 거야. 시간이 흘러 네가 성장하면서, 엄마와의 관계에서는 예전처럼 야무지지 않을 때도 있겠지. 하지만 지금 네가 타인과의 관계에서 보여 주는 그 성실함이야말로, 네가 얼마나 야무지게 자랐는지를 증명해 주므로 크게 걱정은 안 해. 비록 커버린 지금 엄마와의 성실함은 온데간데없지만 그래도 타인과의 성실함은 아직 남아 있어서 다행이야.

오늘 하루는 어떤 일로 행복을 느꼈니? 엄마는 널 보는 것만으로 오늘의 피로가 풀려 행복하구나. 오늘도 엄마는 너의 방문을 몰래 열고 들어갔어. 여느 때와 다름없이 고른 숨을 쉬며 잠을 자는 네 얼굴에 입술 도장을 콕 찍었어. 너무도 말캉한 너의 얼굴이 솜사탕만큼 달콤하구나. 엄마의 소중한 존재야. 달콤한 단팥빵 같은 꿈을 꾸길 바랄게.

　어린 시절 단팥빵 하나에 기분 좋아지는 네 모습을 떠올리게 되는구나. 유명한 빵집도 지나쳐 오직 그 집 단팥빵만 고집했던 너. 그때의 단팥빵은 단순한 빵이 아니었어. 그것은 엄마와 너의 소중한 추억, 그리고 우리가 함께 보낸 시간이었어.

　내일은 특별한 날이 될 거야. 어릴 적 좋아했던 그 단팥빵을 사 들고 학원 앞에서 너를 기다려 보려고 해. 단팥빵을 먹는 너의 모습을 상상하니 벌써 마음이 따뜻해지는구나.

　시간이 흘러도 변하지 않는 단팥빵의 달콤함처럼, 엄마와 너의 추억도 영원히 달콤하게 남아 있을 거야. 그러니 앞으로도 지금처럼 야무지게, 성실하게 살아가길 바랄게. 엄마는 언제나 너를 응원하고 사랑한단다.

오늘 저녁에는
감사 인사를

　세상에는 안타까운 사연도 존재하고 못된 인물들도 존재하지. 엄마는 나쁜 사람은 그에 대한 처벌을 받았으면 좋겠고, 착한 사람은 오래도록 삶을 즐기는 보상을 받았으면 좋겠어. 하지만 엄마의 바람과는 다르게 현실은 참 아이러니하게 종종 반대되는 경우가 있더라고. 보상을 받아야 하는 사람들이 그렇지 못한 경우가 있고, 처벌을 받아야 마땅한 사람들이 오히려 잘 살아가는 모습을 보면 정말 화가 나.

　아침 뉴스가 안타까운 소식을 전하는구나. 순직한 소방관님에 대한 소식이었어. 용감한 소방관님이 근무 중에 돌아가셨다는 사실을 강조하며, 그 이야기를 듣는 것만으로도 우리 사회가 그분의 희생에 더욱 깊은 감사와 존경을 표현한다는 걸 알 수 있어.

　엄마가 가장 존경하는 직업은 바로 소방관이야. 그들은 단순히 화재를 진압하고 사고 현장에서 구조 활동을 하는 것을 넘어서, 자신의 안전을 뒤로한 채 위험에 맞서는 놀라운 용기와 헌신을 보여 주지. 그런 이유로 그들은 너무 존경스러워.

또한 소방관들은 매 순간 끔찍한 현장을 마주하고 동료의 죽음을 경험하며 타인을 구하지 못했다는 죄책감에 시달리기도 한대. 이러한 이유로 그들은 자신과 가족에게는 최악의 직군이라고 불리지만, 시민들에게는 진정한 영웅이라고 불리고 있어. 엄마는 오늘 소방관님들에게 감사의 인사를 드리고 싶어.

"지켜 주시고 구해 주셔서 감사합니다."

한 프로그램에서 소방관의 트라우마에 대해 다룬 적이 있었어. 그 프로그램은 소방관들이 겪는 트라우마의 이유와 원인에 대해 이야기했어. 그 방송에 소방관의 아내가 출연하여 가슴 아픈 이야기를 전했어. 그녀는 출근하는 남편에게 잊지 않고 꼭 아침 인사를 한다고 말했어. 그 이유를 묻자, 그녀는 남편이 출근하는 모습이 그 사람의 마지막이 될 수도 있다는 무거운 생각 때문이라고 답했어. 순직하신 그날도 그녀는 평소와 같이 인사를 전했지만, 돌아오지 못한 남편에 대한 깊은 슬픔과 애도의 시간을 안겨 주었어.

그녀의 이야기는 소방관과 그 가족들이 매일 직면하는 현실의 무게와 그들이 우리 사회에서 감당해야 하는 희생의 크기를 다시 한번 상기시켜 주는 계기가 되었어. 우리는 그들의 헌신과 용기, 그리고 그들 가족의 희생을 결코 잊어서는 안 돼.

'오늘도 무사히 잘 다녀와. 맛있는 저녁 해 놓고 기다릴게.' 이 말에는 단순히 인사를 넘어서 가족을 위해 무사히 돌아오길 바라는 간절한 마음이 담겨 있어.

또 다른 소방관은 함께 입사한 동기가 출동 중 자신의 눈앞에서 죽어가는 모습을 보고 지금 심리치료를 받고 있다고 얘기했어. 그 트라우마는 견디기 너무 힘들었다며, 그때는 이 일을 그만둬야 하나 싶었지만, 책임감에 그만두지 못하고 지금까지 하고 있다고 얘기했어.

화재는 매 순간 일어나고 있어. 그리고 소방관들은 매 순간 목숨을 내놓고 다른 사람들을 구하러 출동해. 엄마는 요리하다가 손을 데었을 때조차 그 아픔을 견디기 힘든데, 소방관분들은 매일 다칠 위험과 심지어 목숨을 잃을 위험에 직면해 있어.

방송에서 아나운서가 출동하기 전 어떤 생각을 하냐고 물었을 때, 소방관들이 만장일치로 가족과 함께 맛있는 식사를 하는 장면을 떠올린다고 답하는 걸 보았어. 우리에게 아주 소소한 가족 식사가 소방관들에게는 아주 큰 희망이 되는 거야. 현장에서 모든 이들을 안전하게 구하고 무사히 가족의 품으로 돌아가는 것, 그것이 소방관분들의 바라는 가장 큰 소원이기도 했어.

유치원 선생님이 집을 나갈 때는 '다녀오겠습니다.' 집에 돌아오면 '다녀왔습니다.'라고 인사를 하라고 하셔서 한참 인사를 잘하던 때가 있었어. 그때는 왜 몰랐을까? 인사의 소중함을. 인사라는 자체가 아침을 시작하고 저녁을 마무리하는 가장 아름다운 언어인 것을.

소방관들이 매 순간 위험을 직면하면서도 가족과의 소소한 순간들을 희망으로 삼아 용기를 내는 모습을 보면서, 엄마는 인사의 중요성 깨달았어. 아침 인사는 그날의 시작을 알리는 작은 의식이지만, 그 안에는 서로의 안전과 행복을 기원하는 마음이 담겨 있어. 저녁 인사 또한 하루를 무사히 마쳤음을 감사하는 마음이 담겨 있지.

소방관들이 가족과의 일상을 소중히 여기는 것처럼, 엄마도 삶의 소중함을 잃지 않기 위해 인사의 중요성을 느끼게 되었어. 그러니 오늘 저녁부터 우리 서로에게 인사를 나누며 감사의 마음을 전해 보는 건 어떨까?
소중함을 일깨워 준 인사는 우리를 같은 생각을 하게 만드는 중요한 수단이 될 거야. 매시간 서로의 다름으로 부딪히고 다투지만, 인사할 때만은 서로가 웃는 모습을 보이는 건 참 아름다울 거야.

그 어떤 순간이라도 엄마는 너에게 매일 인사를 하고, 네가 엄마를 볼 수 있도록 현관문 앞에 항상 있을게. 네가 떠나는 뒷모습을 보며 언젠가 다시 돌아올 그 시간을 기다리는 영원한 현관 문지기가 될게. 언제든 반갑게 보내고 언제든 기쁘게 기다릴게.

하지만 지금은 너의 문지기가 될 수 없을 거 같구나. 무슨 이유인지 아까부터 토라진 너의 방에서는 쿵쾅! 소리가 끊임없이 나는구나. 그래도 딸아, 밤이 늦었으니 불안한 마음은 내려놓고 너를 지키는 영원한 문지기 엄마가 있으니 안심하고 잠을 청해 보렴?

모든 사람에게
착할 필요는 없단다

엄마는 세상에서 가장 멋진 사람이 바로 마음이 따뜻한 사람이라고 생각해. "아름다운 사람은 마음에서부터 따뜻함이 묻어 나온다."라는 말에 엄마는 전적으로 동의하는 바야. 하지만 그 따뜻함이 지나치면 오히려 안 좋은 결과를 낳을 수도 있다는 것도 몸소 체험했어. 엄마도 그 누구보다 따뜻한 마음을 가진 사람이었어. 왜 과거형인지는 아래에서 설명해 줄게.

엄마는 거절에 아주 약한 사람이었어. 어쩌면 그것은 엄마의 가장 큰 미덕이자, 동시에 아킬레스건이기도 해. 살아가면서 엄마는 누군가에게 착한 사람이 되려 부단히 애썼어. 하지만 그 과정에서 중요한 교훈을 얻었어. 모든 사람에게 착할 필요는 없다는 걸 말이야. 그리고 때로는 "아니요."라고 말할 수 있는 용기가 자신을 지키는 방법이 된다는 것도 알았어.

때로는 돈을 빌려주고도 돌려받기 위한 그 말 한마디가 힘들어서, 결국 일 년을 미뤄서 얘기한 적도 있었어. 또 가끔은 엄마의 일이 산더미처럼 쌓여 있음에도 불구하고, 누군가 도움을 청하면 그것부터 해결해 주기도 했던 시절도 있었어. 세상천지 아주 바보스러운 면이 많았었지.

그중 가장 바보스러운 면은 바로 자신을 아끼지 않았던 거야. 엄마는 다른 사람에게 미움받는 것을 극히 두려워했어. 한 번이라도 안 좋은 소리를 들을 바에 차라리 모든 부탁을 들어주는 방법을 선택하기도 했어. 그것이 미덕인 줄 알았지만, 미덕이 아닌 바보 같은 짓이라는 걸 깨닫게 되었어.

엄마를 닮아 거절하지 못 하는 널 보며 속상할 때가 많았어. 다른 친구들이 간식을 나눠 달라고 할 때 거절하지 못하고 마지막 하나까지도 나눠 주고, 연극이나 놀이에서 다른 친구들이 원하는 역할을 양보하며 자신이 하고 싶었던 역할을 포기한 적도 있었지.

하지만, 엄마의 경험을 토대로 얘기해 보자면 모든 사람에게 착할 필요는 없단다. 우리는 종종 모든 사람에게 착하게 대하는 것이 미덕이라고 생각하지. 그러나 자신의 감정과 진정한 행복을 찾기 위해서는 경계를 설정하는 것이 미덕보다도 더 좋은 결과를 낳아 줘.

경계를 설정하는 것은 건강한 관계 형성에 필수적인 요소야. 경계가 없는 관계는 종종 불평등하고, 한쪽이 다른 쪽을 이용하거나 지배하는 상황이 발생할 수 있어. 반면, 명확한 경계가 있는 관계는 서로의 필요와 욕구를 존중하며, 더 건강하고 균형 잡힌 상호작용을 가능하게 하지.

모든 사람에게 착하게 대하려는 과정에서 우리는 종종 자신의 감정과 욕구를 무시하게 돼. 그러나 자기 존중과 자기 사랑은 건강한 관계의 시작이야. 자신을 존중하는 마음이 없다면, 타인도 너를 존중하지 않을 가능성이 높아.

또한 모든 사람에게 착하게 대하려고 하면 우리는 과도한 스트레스와 정서적 피로를 겪을 수 있어. 타인의 기대에 부응하려는 압박감은 우리의 정신 건강에 악영향을 미칠 수 있거든. 그러니 불필요한 스트레스와 불안에서 벗어나, 마음의 평화를 유지할 수 있게 전반적인 정서적 건강을 증진하는 것도 중요해.

자신을 위한 시간을 확보하고, 업무와 개인 생활의 균형을 맞추는 것이 우리의 행복과 삶의 질을 높여줘. 그러기 위해서는 "아니요."라고 말하는 용기가 필요해. 처음은 어려울 수 있어. 엄마도 처음은 어려웠어. 개선은 한순간에 일어나지 않아. 조금씩 쌓이면서 변화가 보이기 마련이지. 그러니 변화가 보이지 않는다고 해서 포기하지 마.

우선 쉬운 것부터 시작해 봐. 일단 거절의 의미가 나쁜 것이 아니라 자신을 존중하는 행위인 걸 인정하면 쉬워질 거야. 너 자신을 존중하는 것이 결국은 다른 사람과 더 나은 관계를 만드는 데 도움이 된다는 걸 기억해 줬으면 해. 우리는 타인에게 도움을 주고자 하는 마음이 커. 때로는 자신의 한계를 넘어서려고 할 때도 종종 있을 거야.

엄마는 오랫동안 자신을 아끼는 법을 몰랐어. 잘못된 방식이 미덕인 줄 알았던 시간을 뒤로하고, 이제는 제대로 거절하는 법을 배웠어. 이것이 바로 엄마가 삶을 통해 배운 거절의 미학이야. 더불어 네 삶도 자신의 한계를 인정하고, 필요할 때는 거절할 수 있는 용기를 갖추길 바랄게.

결국 자신을 소중히 여기는 것이 타인을 더 잘 도와 줄 힘이 생긴다는 사실을 기억해 줬으면 해. 너의 앞날이 이러한 거절의 미학을 통해 더 행복하고 풍요로워지기를 진심으로 바란단다.

시간이 벌써 7시를 가리키는구나. 오늘도 역시 제시간에 들어오지 않는 널 원망하면서, 이제 엄마는 글 쓰는 직장에서 벗어나 10초도 안 되는 거리의 주방장으로 출근을 해 볼게.

때마침 현관문이 열리고, 헐레벌떡 뛰어오는 네가 보이는구나. 엘리베이터 대기 시간 때문에 3분 늦었다고 변명하는 네 덕에 엄마는 웃음을 감추기 위해 안간힘을 써야만 했어. 그 와중에도 진지한 표정을 유지하면서 "다음부터 절대 늦지 마."라는 얘기까지 마무리했지. 이렇게 완벽하게 연기를 해내는 엄마를 보며, 이 정도면 연기를 해도 되겠다는 자만한 생각까지 드는 하루였단다.

도전하는 용기를
일깨워 준 너

♦

황망한 인생 사막에서 만난 오아시스

가끔은 자신을 이해하기 힘들고 미워지는 날이 있어. 바로 엄마한테는 지금이 그 시기인 듯 해. 너의 외할머니가 아픈 것도, 네가 사춘기라 엄마를 투명 인간 취급하는 것도, 전부 엄마 탓처럼 느껴져서 정신이 해이해지는 수일을 겪고 있어.

잦은 수술을 겪어 온 할머니였어. 하지만 유독 이번 수술만큼은 담담하게 받아들이기 힘들어하셨어. '책임'이란 묵직한 단어가 엄마 마음을 방황하게 만들고 있어. 어쩌면 엄마는 자신을 '가족'이란 울타리를 지키는 '보디가드'로 생각했었나 봐. '내 인생이 아닌 가족을 지켜야 하는 책임감'으로 엄마는 자신의 인생을 위한 도전을 우선순위에서 내려놨어.

그러다 더 늦기 전에 자신을 위한 도전을 하기로 결심했어. 엄마의 묻어 뒀던 꿈을 향해 달리려고 웹소설학원에 등록하기로 했어. 하지만 나이가 많다 보니 어린 친구들을 따라잡기 힘들었어. '스펙'은 필요 없다고 대학 진학도 포기한 엄마였는데, 지금 와서 처음으로 후회되는 나날을 겪고 있어. 이런 엄마 마음을 아는지 모르는지, 너의 사춘기 히스테리가 날이 갈수록 심해져 우리 사이를 멀어지게 만드는구나.

그러던 중에 엄마에게 기적 같은 일이 일어났어. 감사하게도 웹소설 팀에서 웹툰 제작을 염두에 두고 제안을 해 온 거야. 엄마의 꿈은 실은 웹툰 작가였어. 그림 실력에 대한 자신감 부족으로 그 꿈을 포기해야 했지만, 항상 마음 한구석에 한으로 남아 있었어. 그래서 이번 웹툰 제안을 받고 너무 좋았어. 그럼에도 엄마의 실력이 부족할까 봐 두려움에 망설이고 있었어. 이 제안은 엄마에게 큰 기회였지만, 동시에 큰 부담이기도 했어. 머뭇거리다 결국 너에게 도움을 청하기로 했어.

"웹소설 팀에서 웹툰 제의를 해왔는데 어떻게 하면 좋을까?"라고 물었을 때, 너는 엄마가 원하던 일이었다며 왜 고민하냐고 되물었지. 자신이 없다고 말하자, 너는 "어차피 해도 후회 안 해도 후회한다면, 하고 후회하는 쪽을 선택하겠다."라고 결단력 있게 엄마에게 말했어. 그리고 엄마 대신 '저도 신청합니다.'라고 메시지를 보내 줬지.

너의 단호한 결심은 엄마에게 용기를 주었고, 그 덕분에 엄마는 다시 한번 꿈을 향해 도전할 결심을 하게 되었단다. 비록 적지 않은 나이라 어린 친구들을 따라가기가 쉽지 않겠지만, 이번에는 끝까지 도전해 보고 싶어.

그리고 그 꿈을 이루기 위해 노력하는 모습을 너에게도 보여 주고 싶어.

　네가 그렇게 확실한 의사를 표현해 준 것에 대해 얼마나 감사했는지 몰라. 엄마가 정말로 필요로 했던 결정을 너는 아주 쉬운 방법으로 해결해 줬지. 결정장애가 있는 네가 중요한 순간만큼은 망설이지 않고 확실하게 의사를 밝히는 걸 보니, 엄마보다 훨씬 확고한 신념을 지녔다는 생각이 드는구나. 어쩌면 엄마가 너보다 더 많은 두려움을 가지고 있었나 봐.

　기회가 왔을 때 그것을 잡는 것, 그것이 바로 아마추어와 프로의 차이라고 해. 아마추어는 두려움과 자신감 부족으로 기회를 놓칠 수 있지만, 프로는 그 두려움을 넘어서기 위해 노력하고, 주어진 기회를 잡지. 네가 엄마에게 보여 준 그 결단력이야말로 엄마에게 진정 필요한 거였어.

　네 덕분에 엄마는 두려움을 극복하고 한 발짝 나아갈 수 있게 되었어. 너는 엄마에게 큰 용기를 주었고, 이제 엄마도 네가 보여 준 그 결단력으로 엄마의 꿈을 향해 나아갈게. 네가 엄마에게 준 용기와 응원에 진심으로 고마워.

　사랑하는 딸아. 엄마의 황망한 인생 사막에 너라는 오아시스가 있어, 엄마는 오늘도 행복하게 살아가는 것 같아.

사람들은 누구나 꿈을 실현하고 싶어 하지. 마치 그것이 인생을 성공적으로 살았다는 '증표'라도 되는 것처럼 말이야. 그런데 정말로 꿈을 이루면 성공적인 인생이고, 이루지 못하면 실패한 인생일까? 꿈을 이루고 성공한 인생을 사는 것이 잘못된 바람은 아니야. 하지만 그걸 이루지 못해도 인생이 실패한 것은 아니라는 걸 얘기하고 싶어. 지금의 엄마처럼 말이야.

엄마는 아직 꿈을 이루지 못했지만, 그로 인해 좌절하지 않고, 계속 도전하려고 해. 단지 꿈에 도전했다는 것만으로도 엄마는 행복해, 그것이 엄마에게는 뜻깊은 추억이 되었단다. 네가 엄마에게 알려 준 것도 바로 그런 것이지.

결과에 연연하지 않고 도전했다는 자체로도 우리는 성공의 문턱을 향해 걷고 있는 거야. 그 도전은 결국 밑거름이 되어 다음 행보를 걷게 하는 부스터가 될 거야. 네가 그런 점에서 큰 영감을 주었어. 덕분에 앞으로도 포기하지 않고 계속 나아가게 되었어.

오늘은 웬일인지 일찍 방으로 들어가는 네 모습이 낯설구나. 뭐가 널 그리 힘들게 만들었는지 모르겠지만, 자고 일어나면 모든 게 괜찮아질 거야. 내일은 내일의 태양이 뜬다고 하잖아? 엄마도 오늘까지만 힘들어할게, 내일은 우리 서로 웃는 얼굴로 만나.

부화기 속의 달걀

병아리 부화하기를 사달라는 너의 성화에 못 이겨, 엄마는 새벽 배송까지 해 가며 구매했어. 엄마는 병아리를 키워 본 경험은 있지만, 부화 과정은 처음이라 걱정과 설렘이 교차했어. 설명서에 적힌 방법대로 엄마는 온도를 36도에서 37도 사이로 맞춰 놓고(보통 암탉이 알을 품을 때 체온이 40도에서 41도라고 해.) 입란을 해 보기로 했어. 너의 반짝이는 두 눈을 보니 엄마의 긴장감이 더욱 커졌어.

부화 기간은 달걀에 따라 다르지만 보통 만 21일부터 23일 사이라고 알려져 있었어. 이 기간은 부화기 내의 습도를 75% 이상 유지하는 것이 중요하다고 설명서에 나와 있었어. 이 과정에서 또한 중요한 건 바로 전란이라고 적혀 있었어. 정기적으로 달걀을 돌려 주는 것을 통해 병아리의 건강한 성장을 촉진하기 위함이니, 설명서대로 꼭 하라는 문구까지 읽고 나서야 엄마는 모든 걸 끝마치는 뿌듯함을 느꼈어. 그렇게 부화 과정은 길다면 길고 짧다면 짧은 21일의 기다림의 시작되었지.

일주일 되던 날, 엄마와 네가 가장 중요한 '검란'을 했던 건 기억나? 검란은 부화 과정 중 달걀을 투명한 광원에 대고 내부를 관찰하는 거야. 이를 통해 무정란과 유정란을 구분할 수 있어. 인터넷에 핸드폰 플래시도 가능하다 하여 들뜬 마음으로 검란을 시작했어. 고작 3개밖에 없는 달걀이 무정란일까 봐 걱정하는 너에게, 유정란이라는 근거 없는 자신감으로 위로했지. 다행히 달걀은 전부 유정란이었어.

그렇게 매일 너는 하원하면 부화기로 달려가 얼른 나오라며 태교 음악까지 들려주곤 했지. 미래의 병아리에게 태교 음악을 들려주는 모습을 보면서, 네가 미래에 엄마보다 훨씬 더 훌륭한 엄마가 될 거라는 생각이 들었어.

20일이 지났는데도 아무 소식이 없자, 엄마도 덩달아 초조해지기 시작했어. 다음 날, 어디선가 톡톡 비눗방울 터지는 소리가 들렸어. 소리 나는 방향으로 가 봤더니 어제까지만 해도 아무 반응 없던 달걀이 금이 가기 시작한 거야. 네가 학교에서 돌아오길 기다리며, 제발 네가 오기 전에 부화되지 않길 바라고 있었어. 알에 금이 가기 시작하니 곧 태어날까? 생각했는데 엄마의 착각이었어. 5시간이 넘게 알에 금만 많이 갔을 뿐 아직도 병아리의 모습은 보이지 않았어. 당황한 엄마는 인터넷을 검색하기 시작했어.

"병아리가 껍질을 계속 쪼면서 첫 번째 균열이 일어나고, 그 과정을 몇 시간에서 하루 정도 이어가면서 자신의 힘으로 껍질을 까고 알에서 나온다. 부화 직후 병아리는 젖은 상태이며 털이 마르는 데 시간이 필요하다. 이 시기 병아리는 약할 수 있으나 몇 시간 내에 힘을 회복하고 활발하게 움직이기 시작한다."

결론은 아직 더 기다려야 했어. 다행히 네가 하원 후 병아리가 태어나서 좋은 경험을 하게 되었지. 갓 태어난 병아리를 보며 "왜 학교 앞에서 파는 병아리는 예쁜데 얘는 왜 이렇게 젖어서 떨고 있지?"라며 실망한 표정을 지었지만, 22일간 기대에 찬 눈으로 오로지 달걀만 주시하던 네 눈을 잊을 수가 없구나.

정확히 23일 되던 날, 하나 빼고 모두 부화했어. 첫째는 스스로 파각하고 나왔지만, 둘째는 엄마가 파각 과정을 조금 도와줬어. 일주일이 지난 지금은 첫째의 덩치는 엄청 좋고, 둘째는 조금 왜소해.

병아리의 부화 과정을 보면서 엄마는 인생도 하나의 부화 과정과 닮아 있다는 생각이 들었어. 병아리가 스스로 껍데기를 깨고 나오는 것은 생명의 첫 도전이며, 이 과정에서의 노력과 극복은 병아리가 성장하는 데 필수적인 힘과 건강을 제공해. 이는 인간의 삶에도 마찬가지로 적용되는 원칙이야.

스스로 문제를 해결하고 도전을 극복해 나가는 건 자립과 성장에 매우 중요한 과정이야. 엄마가 너를 위해 과도하게 개입하고 모든 문제를 해결해 주면, 너는 스스로 문제에 대처하고 해결하는 능력을 키우는 데 어려움을 겪게 될 거야. 이는 장기적으로 네가 독립적이고 자립적인 성인으로 성장하는데 방해가 되기도 해.

지금까지 엄마는 널 위해서라 생각하고, 작은 사고에도 먼저 나서서 수습했어. 그래서인지 지금도 네 방 쓰레기조차 치우지 않고, 문제가 생기면 엄마부터 찾는 철부지로 자라 마음이 편치 않구나. 그 철부지를 만든 장본인은 엄마이지만, 이제부터라도 스스로 무언가 해낼 수 있는 네가 되길 바랄게. 부화기 속 달걀이 21일을 참고 견디며 껍데기를 스스로 깨고 태어나듯이, 너도 철부지인 껍데기를 스스로 깨고 새로운 세상을 직면해 보면 좋겠어.

이 과정은 때로는 힘들고 고통스러울 수 있어. 하지만 스스로 껍데기를 깨고 나와 직면하는 세상을 통해, 너는 더욱 강하고 지혜로운 사람으로 성장하게 될 거야. 엄마는 너의 또 다른 부화 과정을 응원해.

자물쇠가 잠기지 않은
열린 대문

오늘 아침은 다행히 서로 부딪히지 않고 등원했네. 짜증 한번 없이 스스로 기상했고, 옷도 이것저것 입어보지 않고 한 번에 골라 입은 네가 오늘따라 밥까지 잘 먹었구나. 이런 날은 몇 없는 날이니 소중한 날로 기록해도 되겠지?

엄마는 아침부터 너랑 티격태격 다투면 하루 종일 기분이 우울하고 힘이 빠지게 돼. 그건 너도 마찬가지겠지? 몇 년이 지나도 너랑 부딪히는 다툼은 힘들어. 오늘 하루는 제발 아침의 행복한 기분 그대로 이어지길 기도할게. 엄마는 요즘 저녁이 두려워지는 혼란스러운 생활을 보내고 있어. 너의 기분에 맞춰 엄마의 하루는 천당과 지옥을 몇 번이고 왔다 갔다 왕복하거든. 넌 이런 엄마의 심정을 알고는 있나 몰라?

세상에 별다른 관심도 없이 그저 흘러가는 대로 살던 엄마가 갑자기 궁

급한 게 생겼어. 엄마는 외할머니에게 어떤 딸일까? 그리고 너한테 엄마는 어떤 엄마일까?

　엄마의 유년 시절은 그 누구보다 파란만장하지도 않았고, 그렇다고 평범하지도 않았어. 어릴 때부터 바쁘신 부모님을 대신해 엄마의 외할머니가 엄마를 돌봐 주셨어. 부끄러운 얘기지만, 부모님의 잦은 다툼으로 조금은 남들보다 성숙한 행동이나 심리 상태를 가지고 있었어.
　엄마가 노력하면 부모님의 다툼을 덜 하지 않을까? 하는 어린아이가 하지 않아도 될 생각도 했었어. 그야말로 헛된 생각이었지. 결국 엄마의 부모님은 이혼하셨고, 엄마는 할머니와 함께 살아야 했어. 엄마는 참 밝은 사람이었거든. 잘 웃고 활발하지만 부모님의 이혼으로 어린 마음에 충격이 컸었나 봐. 그때부터 엄마는 내성적인 자아와 함께 지냈던 것 같아.

　어릴 때부터 엄마는 무언가 끄적이는 걸 좋아했어. 일기도 자주 쓰고, 종이만 보이면 연필 찾기에 바빴단다. 그래서 지금도 이렇게 너한테 보여 주려 쓰고 있는지도 모르겠구나. 나중에 할머니가 얘기해 주셨는데, 엄마가 쓴 글들을 몰래 보고 많이 우셨대. 그건 어린 엄마의 진심이 담긴 글이었으니깐. 아픈 마음을 매일 적어 왔었던 일기장을 본 할머니는 너무 미안했고 마음이 아팠었대. 그렇게 엄마는 할머니에게 아픈 손가락이었지.
　지금은 이혼한 것이 흠이 아니지만, 그때는 이혼이 흔하지 않을 때라 엄마의 마음은 상처로 가득했어. 그렇게 아픈 유년 시절을 겪어 왔어. 그 후 엄마가 결혼하고 너를 키우면서 비로소 두 분 사이를 이해하게 되었고, 그 때부터 부모님에 대한 원망이 조금씩 사그라졌었어. 어릴 때 그렇게 무서운 아빠(너의 외할아버지)는 이젠 나이가 들어서인지, 네가 삐지면 안절부절 못하는 할아버지로 바뀌었어. 그리고 아이를 싫어하는 무뚝뚝했던 엄마(너의 외할머니)는 하루라도 네 얼굴을 못 보는 날이면 핸드폰 배터리가 닳기 전에는 절대 통화를 멈추지 않는 끈질긴 할머니가 되었지.

엄마의 아픈 얘기를 할 수 있는 건, 아픈 추억을 여유롭게 꺼내 볼 수 있는 용기가 생겼기 때문이야. 이만큼의 용기가 생긴 건 너의 역할이 커. 잘 웃지도 않는 엄마가 너의 저렴한 개그에도 빵빵 터지는 건, 아마도 네가 엄마의 소중한 바구니에 들어와 있기 때문이 아닐까?

시계를 보니 너의 하원 시간이 다가오네. 학원 픽업을 위해 엄마는 얼른 옷을 챙겨 입고 문을 나섰어. 그 순간 아까 궁금했던 두 문제(엄마는 외할머니에게 어떤 딸일까? 그리고 너한테 엄마는 어떤 엄마일까?)의 답을 찾은 것 같구나.

엄마는 할머니에게 닫힌 대문이었고, 할머니는 엄마에게 열린 대문이었다는 걸 알게 되었어. 어릴 적 상처로 인해 엄마가 할머니에게 못되게 굴어도 할머니는 그냥 묵묵히 견뎠어. 엄마의 못된 말을 들음에도 불구하고 말이야.

　그리고 너에게 엄마는 억지로 걸어 잠근 대문이었던 것 같아. 마음의 치유가 느린 엄마는 더 큰 상처를 받지 않기 위해 누구에게도 문을 열지 않았어. 하물며 가장 아끼는 너에게도 말이야.

　열린 문을 닫는 것보다 잠긴 문을 여는 것이 훨씬 어려워. 마음이 열려 있는 사람과의 대화는 자연스럽게 잘 풀리지만, 마음이 닫혀 버린 사람과의 대화는 시도하는 것마저 어려운 일이야. 이 점에서 넌 엄마보다 더 나은 딸이야. 너는 엄마의 걸어 잠근 대문의 열쇠를 가진 유일한 사람임을 깨달았어.
　지금 엄마는 할머니에게 닫힌 문을 열고자 마음을 굳게 먹었어. 그 과정이 힘들고 어려울지라도 한번 해 보려 해. 그리고 너한테도 열쇠 없이 자유롭게 들어와 뛰어놀 수 있는 자물쇠가 없는 대문이 되려 해.

　엄마에게 얼마나 많은 시간이 남아 있는지, 네게 얼마나 시간이 남아 있는지 아무도 몰라. 하지만 확실한 건 지나간 시간은 다시 돌아오지 않는다는 거야. 이 순간을 살아가는 중 가장 행복한 날로 만들면 좋겠어. 지나간 시간에 연연하지 말고 앞으로 다가올 미래에 대한 희망을 안고 하루하루 살아가는 거야. 우리 한번 내일부터 아니, 오늘 저녁부터 실천해 보는 건 어떨까?

　행복은 발견하는 게 아니라 네가 만들어 가는 거야. 오늘도 너를 만나러 가는 엄마의 발걸음이 가벼우면서도 무겁게 느껴지는구나. 다행히 멀리서 걸어오는 너의 해맑은 표정을 보고 있으니 괜히 걱정했다 싶어. 엄마는 미소 짓는 너의 표정을 보면서 오늘의 행복을 만들어 갈게. 엄마의 소중한 딸, 오늘도 고생했어.

딸아,
너만의 보물을 찾으렴

네가 제안한 임무를 완수하기 위해 새벽 일찍부터 부엌에서 분주하게 움직이기 시작했어. 작은 메추리알로 병아리 모양을 만들고, 소시지를 잘라 문어 모양을 만드는 작업에 몰두했지. 실은 너의 요청이 아니어도 엄마는 해 주려고 노력했을 거야. 소풍 때마다 김밥만 대충 만들어 보낸 미안함에 오늘은 그동안의 보상으로 특별한 도시락을 준비해 주기로 마음먹었어.

요즘 엄마들은 모두 요리 전문가처럼 솜씨가 좋아서 엄마만 유독 뒤처진 느낌이 들어. 하지만 오늘 하루 즐겁게 보낼 너의 모습을 상상하며 그동안 숨겨왔던 갈고닦은 솜씨를 보여 줄게.

공원에서 많은 게임을 할 거라며 흥분을 감추지 못하는 모습을 보니, 기대가 얼마나 큰지 알 수 있었어. 특히 보물찾기에 대한 너의 기대감이 넘쳐 흐르는구나. 가장 많은 보물을 찾겠다는 너의 자신감에 엄마의 마음도 한껏 들떴어. 옷이 더러워져도 뭐라 하지 말라며, 그저 즐기고 싶다는 너의 마음가짐에서 모험적인 정신까지 엿보였어.

　엄마도 소풍 가면 숨은 보물찾기를 제일 좋아했어. 왠지 모를 기대감과 보물을 찾은 후의 그 뿌듯함은 경험해 본 사람만이 알 수 있는 쾌감이지. 체력이 약한 엄마는 제한된 시간 안에 많은 것을 찾지 못했지만, 휴식을 취한 후 더 많은 보물을 발견하는 과정이 더 의미가 있었어. 지금도 엄마는 무언가를 할 때 쉽게 지치는 편이라 항상 다른 사람들보다 느려.

　심지어 잘 지치는 몸으로 말도 느리게 해. 그래서 글쓰기라는 천직을 만났는지도 몰라. 남들보다 느리지만 신중하게 한 발짝씩 내딛으며 엄마가 할 수 있는 것을 찾아가는 것도 의미가 있거든.

　보물찾기는 지도에 표시된 목적지를 찾아 나서는 모험이지. 이 게임에서 중요한 것은 최종 목적지에 도달하는 것뿐만 아닌, 그 과정에서 마주하는 문제를 해결하고, 예상치 못한 장애물을 극복하여 최종 보물을 얻는 거지. 이러한 보물찾기의 여정은 우리 자신의 인생을 찾아가는 과정과도 같아.

　인생에서 우리 각자가 찾아야 할 '보물'은 다를 수 있어. 어떤 이에게는 사랑이 될 수 있고, 또 다른 이에게는 성취감이나 자기 발견이 될 수도 있어. 이러한 보물을 찾기 위해서는 보물찾기 게임처럼 어려운 결정을 내려야 해. 때로는 실패를 경험하기도 하고, 예상치 못한 도전을 마주해야 할 때도 있어.

하지만, 이 과정에서 스스로에 대해 더 잘 알게 되고 자신의 강점과 약점을 알게 되지. 또한 인생이라는 여정을 통해 만나는 사람들과의 관계에서 중요한 교훈을 배우게 돼. 이 모든 경험은 너에게 진정으로 소중히 여기는 것이 무엇인지 깨닫게 해 주며, 그것이 바로 네가 찾아야 할 진정한 '보물'임을 알려 주지. 결국 인생에서의 보물찾기는 단순히 목표를 달성하는 것 이상의 의미를 지니고 있어.

딸아! 소풍에서의 보물찾기를 끝내고 돌아오면 인생에서의 보물 3가지도 한번 찾아 볼까? '나는 누구인가?', '나는 왜 이 세상에 태어났는가?' 그리고 '나는 정말로 나 자신을 사랑하는가?'와 같은 질문들에 대한 보물 말이야. 이러한 질문들은 우리가 평소에 쉽게 생각하지 않던 주제이지만, 자기 자신을 더 깊이 이해하는 데 큰 도움이 돼.

엄마 역시 이러한 질문들에 대한 답을 찾기 위해 많은 시간과 노력을 투자했어. 가끔 잠을 설치면서까지 생각에 잠길 때가 많았어. 많은 책을 읽고 명상하며, 때로는 전문가의 조언도 구해 보기도 했어. 물론 이 과정을 쉬는 시간 없이 한 번에 달려왔더라면 엄마는 이 질문에 대한 답은 아마 영원히 찾지 못했을 거야. 엄마는 아직 모든 질문에 완벽한 답을 찾지는 못했지만,

이미 '나는 누구인가?'와 '나는 왜 태어났는가?'에 대한 답은 찾았어.

이 두 질문에 대한 답을 찾는 과정에서 엄마는 자신만의 가치와 삶의 목적이 더 명확해졌어. 남은 질문 '나는 나를 사랑하는가?'에 대한 답은 아직 찾지 못했지만, 시간이 지남에 따라 이 질문에 대한 답도 조금씩 찾아갈 거라고 믿어. 아마도 엄마가 할머니가 되면 인생의 경험을 통해 자신을 더 깊이 사랑하는 법을 배우지 않을까 싶어.

이렇게 세상의 어려운 3가지 숨은 보물을 찾다 보면 진정한 자신을 찾게 되고, 너에 대해 더 많이 알아가게 될 거야. 너의 첫 보물찾기 도전을 축하해. 저녁에 네가 들려 줄 보물찾기 이야기를 기대하며, 엄마는 오늘도 신나게 엄마의 마지막 보물찾기를 시도해 볼게.

9

집착 다이어트

일주일 전, 학교에서 네가 만들어 온 다육 식물이 오늘 보니 또 하늘나라로 갔더구나. 초록 식물이 우리 집에서 죽는 이유는 물을 너무 많이 줘서 썩어서 죽거나, 물을 너무 주지 않아 말라 죽거나 둘 중 하나야. 역시 엄마는 그 과함이 문제야. 뭐든 적당히 하면 좋을 텐데 말이야. 속상하구나.

지금 엄마가 느끼는 속상함과 같이 삶을 살아가는데 다양한 감정이 공존해. 특히 '사랑'이란 단어는 매우 포괄적인 의미를 지니고 있어. 사랑은 가장 복잡하고 다양한 감정 중의 하나야. 그 형태와 방식은 사람 및 상황에 따라 매우 다양해. 그 다양한 형태는 우리 삶의 많은 부분에 영향을 끼치곤 하지. 사랑은 단순히 로맨틱한 관계가 아니라 가족, 친구, 심지어 자기 자신에 대한 애정까지 포함한 광범위한 개념으로 정의할 수 있어.

사랑은 때로는 강력한 치유가 될 수 있지만, 때로는 아픔과 실망을 주기도 해. 그중 가장 독한 사랑의 감정으로는 '집착'이라 부르는 친구가 있어.

사랑하는 사람한테 해서는 안 될 잘못된 감정선을 마구 자극하는 나쁜 친구이지.

집착은 사랑을 왜곡시키고, 건강한 관계를 망가뜨리기도 해. 가끔은 자신의 욕구를 충족하기 위해 다른 사람을 이용해 상대방의 자유를 침범하여 해를 끼치기도 하지. 강렬한 감정적 결합이 아주 극단적이면 심각한 결과까지 초래하게 돼. 유명한 사건으로는 '셜리 터너(Shirley Turner) 사건.'이 있어.

셜리 터너는 자신의 연인인 앤드류 배글비(Andrew Bagby)의 삶에 극단적으로 집착을 했어. 그의 새로운 관계와 삶을 받아들이지 못한 결과 자신의 애인을 살해했어. 이후 그녀의 아들과 함께 자살하는 사건까지 이어져 더욱 큰 비극으로 알려지게 되었어. 정말 비극적이지 않니?

집착은 단순히 감정적 고통에 그치지 않고 그로 인해 크나큰 비극을 조성할 수 있어. 이러한 집착은 결국 살인이라는 극단적인 결과로 이어져, 두 사람의 삶뿐만 아니라 주변 사람들에게도 큰 충격과 슬픔을 안겨 주었지. 물론 모든 사람이 전부 그런 건 아니야.

집착은 이성에게만 해당하는 것만은 아니야. 물건에 의한 집착, 그리고 자식에 대한 집착 등 여러 가지 유형이 존재해. 그중에서도 엄마는 너에 대한 집착이 도가 지나친 걸 느꼈어. 반성해. 〈이게 사랑인 줄 알았어〉라는 노래 제목이 엄마의 마음을 대변해 주는구나.

　엄마는 네가 다니는 학원도 직접 정해주고 몇시까지 가야 할지도 미리 얘기해 줬어. 집에서 문제집 풀 때도 어디까지 풀어야 하는지 엄마가 직접 표시하고 채점하고는 했지. 이것이 너의 자아와 독립성, 그리고 대인관계의 미숙함을 자아낼 줄은 몰랐어. 지금이라도 엄마가 깨닫고 방법을 바꿔 볼게. 네가 성장할 수 있도록 도와주는 방식으로 관계를 재정립해 나갈게. 그리고 조금씩 너에 대한 엄마의 집착도 줄여 볼게.

　엄마도 집착이 사랑의 또 다른 표현인 줄 알았어. 어쩌면 엄마가 너한테 주는 사랑이 집착인 걸 몰랐던 거지. 네가 얼마나 소중하냐면, 너를 위해 엄마의 모든 장기를 전부 내줄 수 있을 정도야. 아무리 너한테 감정 없이 말을 툭툭 내뱉고, 가끔은 엉덩이를 돌려차기해도 엄마는 네가 정말 소중하고 많이 사랑해.

　집착은 계절에 비유하면 겨울과 닮았어. 겨울은 때로는 그 차가움과 긴 어둠으로 인해 무거운 감정을 안겨 주지. 집착 역시 마음을 무겁게 하고 정신적으로 어두운 공간에 갇힌 느낌을 줘. 그러나 겨울이 지나면 반드시 봄이 오잖아? 그러니 집착의 겨울을 벗어나 마음의 봄을 맞이할 수 있는 방법을 찾는 것도 좋은 방법이야.

사랑이 한쪽으로만 너무 치우치다 보면 분에 넘쳐서 부담스럽고 지나치면 변질되어 못된 집착이 되지. 사랑이라는 단어는 중립과 같아. 지나치면 집착이 되고, 너무 얕으면 무관심이 되지. 그 중립을 지키는 것이 쉽지 않아. 하지만 노력해서 중립을 잘 지켜 나가다 보면 어느새 우리는 서로가 원했던 아름다운 모녀 관계를 잘 유지하고 있을 거야.

여름이 다가오는 소리가 들려. 다이어트는 보통 봄에 시작하여 옷이 얇아지는 여름에 빛을 발하지. 그런데 게으른 엄마는 여름이 다가와서야 다이어트를 하려고 해. 근데 뭐 어때? 봄에 집착하면 여름이 오지 않고, 가을에 집착하면 겨울도 오지 않아. 이는 시작이 중요하다는 것을 의미해. 어느 한 계절에만 집착하면 안 돼. 모든 계절이 오고 가듯이, 우리의 삶도 자연스럽게 흘러가야 해. 그러니 엄마도 음식에 대한 집착을 내려놓기로 했어. 3일째 마녀 스프만 먹었더니 배가 무척 고프구나. 엄마의 몸도 다이어트를 해야 하지만 더 시급한 건, 너에 대한 집착 다이어트인 것 같아.

엄마는 오늘부터 사랑의 탈을 쓴 살찌워진 '집착'이란 친구를 보내 버리고, 보디빌더의 근육질로 다져진 '독립'이라는 친구를 데려와 함께 다이어트를 시작해 볼게.

10

나를 위한 최소한의 권리

네가 방에서 숙제를 열심히 하는 동안, 엄마는 오은영 박사님의 〈오은영 리포트-결혼 지옥〉 프로그램을 보게 되었어. 엄마는 너를 낳고 처음으로 오은영 박사님을 알게 되었어. 등에 버튼 달린 애라고 들어 봤어? 그게 바로 너였어. 낮과 밤이 바뀐 너는 새벽 4시에 잠들어 오전 11시에 일어났어. 아이답지 않게 낮잠도 안 자는 너는 완전한 체력을 자랑했지. 그런 엄마에게 나타난 구세주가 바로 오은영 박사님이었어. 엄마는 그분의 육아 프로그램에서 많은 노하우를 익히며, 육아의 힘든 시간을 잘 이겨냈어.

그러다 박사님의 새로 시작한 〈오은영 리포트-결혼 지옥〉이란 프로그램을 알게 되었지. 매주 특별한 사연이 나오지만, 유독 이번 주인공의 사연에 더 눈길이 갔어. 여자 알코올중독자의 사연이었거든. 엄마도 애주가인지라 이번 리포트가 많이 궁금해졌어. 그녀의 사연은 우울 그 자체였어.

어릴 때부터 그녀는 부모님의 사랑을 받지 못하고 폭력에 시달렸어. 삼

촌들한테 매 맞기 일쑤였고, 엄마마저 그녀를 원망했다고 해. 이러한 환경 속에서 결혼을 도피처로 삼았지만, 그것마저 순탄치 않아 결국 사연을 신청하게 된 거야. 엄마는 이 사연을 통해 신체적, 언어적 폭력뿐만 아니라, 정신적 피해도 큰 폭력이라는 걸 더 깊이 깨달았어. 그리고 다시 한번 엄마를 돌아보게 되었어.

엄마의 독특한 취미라 할 수 있는 것이 바로 술이야. 친구들과 마시는 것도 좋아하지만, 조용히 집에서 마시는 혼술을 더 즐겨. 혼술이 안 좋은 건 어렴풋이 알고 있었어. 그러나 아이에게까지 부정적인 영향을 미칠 줄은 몰랐어. 엄마는 알코올 의존증이 유전된다는 얘기에 큰 충격을 받았어. 그 충격으로 밤새 인터넷을 검색했고, 결국 새벽 6시가 되어서야 침대에 몸을 맡기게 되었어.

인터넷 검색을 하다가 문득 드는 생각이 있었어. 바로 우리나라에서는 술을 너무 쉽게 구할 수 있다는 거야. 또한, 점점 술이 사람을 지배하는 사회로 변해가고 있다는 사실을 알게 되었어.

자료를 찾다 알코올 의존증 환자들의 다큐멘터리를 보게 되었어. 하루에 기본으로 소주 3병에서 12병까지 마시는 사람들도 있고, 아예 밥 대신 술을 마시는 사람들도 있었어. 그리고 위에서 얘기했던 그녀처럼 물 대신 맥주를 마시는 분들도 있었어. 하지만 그들도 처음부터 술을 남용한 건 아니었어. 나름의 이유가 다 있었어.

부도가 나서 타락한 사람, 아이가 자신보다 먼저 하늘나라로 간 슬픔을 잊기 위해 술을 접한 사람. 그리고 이혼의 충격으로 폐인이 된 사람 등 다양한 사연이 있었어. 하지만 이런 이유 때문에 술을 접했다는 건 엄마가 보기에는 핑계인 것 같아. 술이 아닌 다른 선택을 해서 헤쳐갈 수도 있지 않았을까? 단지 그들은 힘들다는 핑계를 대며 술을 마셔야 하는 이유를 제공한 것뿐이야. 엄마 또한 불면증을 핑계로 술을 마실 수 있는 나름 타당한 이유를 만들었던 것 같아.

'이유'는 특정 상황이나 행동을 설명하기 위해 제시되는 근거나 동기를 얘기해. 예를 들어, 지각한 이유가 교통체증 때문이라면, 이는 객관적인 상황을 위한 합리적인 설명이야. 즉, 이는 합당한 이유가 되는 거지.

반면 '핑계'는 행동과 실패를 정당화하기 위해 사용되는 변명이나 구실을 찾는 걸 얘기해. 예를 들어, 운동을 시작하지 않은 사람이 '시간이 없어서'라고 하는 경우도 핑계로 들릴 수 있어. 실제로는 시간을 만들 수 있지만, 이를 회피하기 위해 핑계를 대는 거니깐.

삶이 힘들다는 '핑계'로 보상 심리를 적용해 술 한잔을 마시려는 '이유'를 찾는 사람들이 많아. 사람은 때로는 자신의 행동을 '정당화'하기 위해 '정당하지 않은 이유', 즉 '핑계'를 대면서 살아가곤 하지. 그러나 이런 식으로 살다 보면 결국 자신도 모르게 막다른 길을 걷게 될 거야.

인생을 살아가면서 우리는 종종 명확한 목적지 없이 여정을 시작할 때가 있어. 이 여정에서 중요한 것은 목적지가 어딘지를 빨리 찾는 것이 아니라, 그 길을 어떻게 걸어가느냐가 목적이 되어야 해. 올바른 방향을 선택하고 꾸준히 나아간다면 점차 네가 꿈꾸는 '지상낙원'에 도착할 거야.

위에 그녀처럼 알코올 의존증과 같은 문제에 직면했을 때도 이와 같은 원칙을 적용할 수 있어. 완치라는 확실한 결과를 기대하기보다는 자신의 상황을 인정하고, 그 상황을 어떻게 개선 해야 할지에 집중하는 것이 중요해. 이 과정에서 자신의 한계를 인식하고 주변 사람들과의 관계를 재평가하며 삶의 진정한 가치를 깨닫게 돼.

결국 삶의 여정에서 목적지에 도달하는 게 아닌, 그 과정에서 우리가 어떻게 성장하느냐가 중요해. 어떻게 우리 자신의 내면과 싸우냐에 따라 결국 나라는 사람이 변하게 되는 신기한 현상도 마주하게 되지. 또한 타인과의 관계도 깊이 있고 의미 있게 받아들이는 것도 중요해. 그리하여 우리가 선택한 길이 우리를 어디로 이끌던! 우리는 그 과정에서 배운 교훈과 경험을 바탕으로 더 나은 자아를 만들 수 있어.

엄마는 네가 삶이 힘들다는 핑계를 이유처럼 대지 말고, 자신에게 솔직하게 그리고 자신의 삶을 책임지며 당당하게 살아갔으면 좋겠어.

오늘은 애주가인 엄마가 술의 영향을 이야기하며, 절주를 결심하는 날이구나. 나름 인생에 한 번쯤은 다시 펼쳐 보게 되는 페이지가 되길 바라며, 엄마는 이만 너의 기상을 도우러 가 볼게. 현재 아침 7시야. 왜 이렇게 잠이 안 오는지 모르겠구나. 그래도 다행히 오늘은 술을 마시지 않았다며 칭찬을 바라는 엄마는 과연 어른일까? 라는 생각이 드는구나.

삶에 감사하며
의미 있게 사는 법

✦

첫 건강검진이 알려 준 삶의 진리

"어머님, 치과 진료 보고서 오늘까지 꼭 제출 부탁드립니다."라는 문자를 받고 나서야 기억이 났어. 점점 건망증이 심해져 가는 엄마는 결국 생애 첫 건강검진을 받아보기로 했어.

기억력 하나만은 그 누구에게도 뒤지지 않았던 엄마였지만, 요즘은 무서울 정도로 건망증이 심해졌어. 회사의 모든 일정을 다 기억할 정도로 기억력이 좋았지만, 어느 순간부터 자꾸 약속을 잊어버리기 일쑤였지. 애주가인 엄마는 절대 술 때문이 아니라고 믿고 싶었지만. 과음하면 생기는 블랙아웃 현상에 기본 검진에 치매 검사까지 추가로 받기로 했어.

엄마의 할머니가 치매로 돌아가신 가족력이 있어서 걱정이 더 커졌어. 할머니 손에서 커온 엄마는 할머니 죽음이 너무 크게 다가왔었어. 장례식도 참석을 못 한 엄마는 3일 내내 방에 틀어박혀 울기만 했지.

이러한 과거 때문에 엄마는 치매라는 질병에 대한 두려움이 컸어. 그 두려움으로 인해, 엄마는 상대적으로 이른 나이에 건강검진 항목에 치매 검진을 포함하게 되었어. 다른 사람들에게는 엄마의 우려가 당혹스러워 보일 수도 있을 거야.

　자주 다니는 병원이라 당당하게 갔지만, 병원에서 느껴지는 그 특유의 두려움은 어쩔 수 없나 봐. 엄마의 얼굴은 마치 모든 감정을 보여 주는 모니터와 같았어. 엄마를 본 간호사가 긴장하지 않으셔도 된다고 말해 주셔서 조금은 진정이 되었어.

　검진 후 파열되지 않은 대동맥이라는 예상치 못한 얘기를 듣고 당황한 엄마는 소견서를 받고 바로 대학병원에 예약을 잡았어. 병원 파업 중이라 오래 걸릴 거라는 예상과 달리, 3일 뒤 예약을 잡게 되어서 다행이었지.

　대학병원은 예약해도 대기 시간은 길었어. 긴 기다림에 지루해진 엄마는 주위를 둘러보다가, 앞 순서에 대기하고 있는 암 환자로 보이는 한 여자분을 보았어. 땀 범벅이 된 간호사는 IV 바늘 삽입을 위해 세 번의 시도 끝에 성공하는 걸 보았어. 정맥 접근이 어려운 것에 죄송해하는 간호사에게 환자는 부드럽게 미소 지으며, 되려 위로하는 모습이 인자해 보였어. 3번을 찌른다는 건 엄마에게는 상상조차 할 수 없는 일이야. 전에 실습 간호사분이 2번 찌른 것도 엄마는 참기 힘들었는데, 저분은 아픈 몸으로 잘 참아 내신 걸 보니 존경스러울 정도였어.

검사를 마치고 탈의실에서 아까 그 환자분을 다시 마주쳤어. 그녀는 아까보다 더 힘든 모습이었고, 그 모습을 보며 엄마는 어찌할 바를 몰랐어. 겉으로는 강해 보였지만, 묵묵히 자신과 싸우는 그녀를 보며 엄마는 그분의 강인함에 감탄했어. 탈의실을 나서며 엄마는 그녀가 더 이상 아프지 않기를 기도했어.

검진 결과는 당일에 나오지 않아서, 엄마는 이틀 뒤에 다시 병원을 방문해야 했어. 결과를 기다리는 엄마의 마음이 조급해서였을까? 평소에는 괜찮았던 너의 행동 하나하나가 전부 거슬리기 시작했어. 결국 "엄마가 없으면 너 혼자 어떻게 살래?"라는 모진 말까지 퍼붓게 되었지.

사람은 미리 걱정을 사서 하는 가장 지능적인 동물인 것 같아. 그리고 일어나지도 않은 일을 미리 걱정해 자신을 괴롭히는 가장 잔인한 동물이기도 하지. "피가 마른다."라는 말이 정말 와닿는 하루였어. 결과를 기다리는 48시간이 마치 아직 살아 보지도 못한 48년과 맞먹는 느낌마저 들었어.

엄마는 믿는 종교는 딱히 없지만, 석가탄신일만 되면 절에 가서 1년 등을 달고 건강을 기원하며 팔찌를 사고는 했어. 매년 그렇게 해 온 엄마가 오늘은 진짜 하늘에 계신 모든 신들에게 빌었어. 아무 일 없게 해달라고, 만약 있어도 식물인간으로 누워 있는 일만은 제발 없게 해달라고. 너한테 짐이 되지 않게 해달라고 빌고 또 빌었어. 자식한테 짐이 되는 엄마는 되기 싫었거든.

순간의 두려움이 엄마를 휩싸여 '잘못되면 어떡하지'라는 생각이 들었어. 하지만 어제 네가 해 준 말이 떠올라 마음의 안정을 다시 한번 취해 보기로 했어. "괜찮을 거야, 그리고 무슨 일 있으면 내가 보살펴 줄 테니 걱정하지 말고 맘 편히 다녀와." 너의 따뜻한 말이 엄마의 두려움을 잠시나마 잊게 해 줬고 큰 위로가 되었어.

그렇게 불안한 48시간이 지나가고, 드디어 병원으로 향할 준비를 마쳤어. 긴장된 마음을 달래려 애썼지만, 머릿속은 온갖 나쁜 생각들로 가득했어. 병원으로 가는 길은 유난히 멀게 느껴졌고, 발걸음이 점점 무거워졌어. 한 걸음씩 내디디며 곧 마주할 결과에 마음을 다잡기 시작했어.

CT 조영술 검사가 힘들지 않았냐고 묻는 의사 선생님 말씀에 "네."라고 답했지만, 솔직히 힘들었어. 실제로 CT 검사를 받을 때 긴장되고 불안감까지 밀려오더라고. 조영제가 주입될 때마다 몸속 깊은 곳에서부터 뜨거운 열기가 퍼져 나가는 느낌이 들었어. 또한 심장이 빠르게 뛰었고 몸 전체가 묵직하게 내려앉는 느낌도 들었어. 급한 성격을 가진 엄마는 결과를 빨리 듣고 싶었지만, 뜸 들이는 담당 선생님을 보며 발만 동동 구르고 있었어.

"다시 안 오셔도 되겠네요. 이 부분이 이상해서 다시 검사해 본 결과 안심하셔도 됩니다."

최초의 건강검진이 엄마에게 안겨 준 서프라이즈는 그야말로 놀라웠어.

마치 드라마 결말이 새드엔딩으로 끝날 것 같다가 해피엔딩으로 마무리되는 반전을 보는 듯했어. 결과에 따른 엄마의 마음은 허탈감과 안도감을 교차 증정하는 행사에 참여한 기분이었어. 결과를 기다리며 느꼈던 불안감과 두려움이 어느 순간 안도감으로 바뀌었어.

병원을 나서자, 따뜻한 햇살이 마치 엄마를 위로하듯 얼굴을 감쌌어. 허무하게 집으로 돌아오는 지하철 안에서 창밖을 스쳐 지나가는 풍경을 바라보며 생각에 잠겼어.

우리는 좋게 말하면 열심히 살아가는 것이고, 나쁘게 얘기하면 시한부 인생을 살아가는 것이잖아? 어쩌면 불치병 환자만 시한부 인생을 사는 게 아니라, 우리도 마찬가지로 시한부 인생을 살고 있는 건 아닐까? 왜냐하면 죽음은 그 누구에게나 공평하게 다가오니까. 그 시간의 차이만 있을 뿐, 결국 삶의 끝에는 모두 죽음을 맞이하게 되지. 그러니 다 같은 인생이 주어지고, 다 같은 길을 걷더라도 그 길이 각자에게 주는 메시지는 다를 수밖에 없어.

"살아 있는 걸 당연하게 생각하지 마라. 길을 가다가 머리에 화분이 떨어져 죽을 수도 있고, 안전하다고 생각한 곳이 갑자기 무덤이 될 수도 있어."라는 영화 속 대사가 생각나. 너무 잔인한 얘기지 않아? 엄마가 하고 싶은 얘기는 안전하다고 방심하지 말고, 그렇다고 불안해하지도 말라는 얘기야. 세상은 낙관적인 희망을 품고 불행한 행운을 바라보면서 아찔한 줄타기를 하는 것과 같아. 인생은 참 재미있고 무시무시한 공포도 느껴지며, 광범위한 미션과 결과마저 함께 지니고 있어. 그러니 행운이라는 자가 동행하는 거지. 불행 중에서도 가끔 찾아오는 행운은 우리에게 삶의 낙을 선사해 주니까. 비록 불행한 삶일지라도, 행운이라는 존재가 삶에 대한 희망과 재미를 불어넣어 주잖아.

만약 죽음이 너와 엄마를 갈라놓는다면, 그 순간을 조금이라도 늦추고 싶어. 엄마는 신을 믿고 사랑해. 하지만 신보다 더 사랑하는 존재는 바로 이 세상에 있는 너야. 그래서 오늘은 신에게 조금 더 머물게 해 주셔서 감사하다고 말하고 싶어. 첫 건강검진에서 아찔한 순간이 있었지만, 아무 이상 없이 건강한 상태로 지낼 수 있어 감사한 하루야. 네 옆에 더 머물 수 있게 되어 너무 행복하구나. 엄마는 네 웃음소리와 함께하는 이 시간이 너무 소중해. 이 순간이 영원히 이어졌으면 좋겠어.

자율주행과 자율효도

가족여행 중 렌터카에 달린 자율주행 옵션을 보고 엄마는 한눈에 반했었어. 늘 운전에 자신이 없는 엄마는 수년간 운전을 해왔지만, 항상 부담스러웠어.

어느 날, TV에서 나오는 자율주행 옵션 차량을 본 엄마는 너무나 갖고 싶었어. 아빠에게 옵션이 달린 차로 바꿔 달라며 온갖 애교를 부렸지만, 결과는 처참했지. 오늘도 하기 싫은 운전을 하며 너를 픽업하러 가는 엄마는 힘들구나.

시대가 변하듯 모든 사물도 변화의 과정을 거쳐. 그중 물질적인 요소와 감정적인 요소도 빠르게 감지해 변화를 일으키고 있어. 어릴 때 SF 영화에서 미래에는 하늘을 나는 자동차가 나올 거라 했지만 그때는 믿지 않았어. 물론 그것이 비행기라는 다른 이름으로 나왔지만, 자동차의 발전도 무궁무진해졌어. 이제는 자율주행도 되고, 알아서 주차도 척척 잘해 주지. 엄마처럼 운전이 미숙한 사람에게는 아주 좋은 능력치를 보여 주는 셈이지.

시대적 요인으로 요즘은 아이를 낳지 않는 사람들 또는 한 명만 낳는 사람들이 많아지고 있어. 그에 비해 노년층은 많아졌으며, 효도에 대한 개념도 심층적인 변화를 겪고 있어. 자식이 많았던 예전에는 자식들이 의무적으로 부모님을 모시는 효성을 보였지만, 지금 시대에는 효도는 단순히 의무적인 요소가 아니게 되었어. 자유를 즐기는 현대사회에서 자식들이 직접 아프신 부모님을 모시는 것보다는 실버타운이나 요양 시설을 이용하는 효도 방식을 택할 때가 많아.

얼마 전, 친구의 아버지가 편찮으시다는 안타까운 소식을 들었어. 생각보다 덤덤하게 그 상황을 견뎌 내는 그 친구를 보면서 책 『니체의 말』 속 「나무에게 배워라」에 나온 한 구절이 떠올랐어.

"소나무가 자아내는 분위기는 어떠한가. 마치 귀를 기울이고 무엇인가를 들으려는 듯하다. 전나무는 어떠한가? 꿈쩍도 하지 않은 채 무엇인가를 기다리고 있는 듯하다. 이 나무들은 조금도 초조해하지 않는다. 당황하지 않고 조바심 내지 않으며 아우성치지 않고 고요함 속에서 가만히 인내할 뿐이다. 우리도 소나무와 전나무의 태도를 배울 필요가 있다."

그 말은 마치 엄마의 친구를 위한 것 같았어. 친구의 강인함, 문제 앞에서 당황하지 않고 초조해하지 않는 태도가 소나무와 닮았다고 생각했어.

몇 달 뒤, 친구로부터 한 통의 전화가 걸려 왔어. 그녀는 힘들어하는 아버지를 위해 치료를 중지하고, 요양원의 도움을 받아야 할 것 같다며 눈물을 보였어. 엄마는 그녀에게 "아빠를 위해 이만큼이면 최선을 다한 거야."라고 위로해 줬어. 이제는 금전적 여유도, 돌볼 수 있는 육체적 힘도 남아 있지 않다고 얘기하는 친구를 보니 너무 안타까웠어. 그렇게 눈물을 흘리며 통화를 마치고, 문득 '효도'란 무엇인가에 대해 깊이 생각해 보게 되었어.

환자는 아픈 몸 때문에 힘들고 보호자는 아픈 환자를 돌보느라 힘들어. 이런 상황에서 보호자가 겪는 고통과 어려움을 보면 효도는 단순히 물질적 지원이나 의무적 행동이 되지 말아야 해. 오히려, 부모님을 위해 할 수 있는 일의 진정한 가치를 깨닫고, 마음에서 우러나는 효행을 실천해야 해. 이는 마치 자율주행차가 운전에 대한 두려움을 줄여 주고, 더 안전하고 편안한 생활을 가능하게 하는 것처럼 말이야.

엄마는 효도는 크게 3가지가 있다고 생각해. 단순히 육체적인 힘을 들여 직접 하는 것과 경제적인 지원을 하는 것. 그리고 현대적인 감각으로 자율적인 효도를 하는 방식이 존재해. 마치 자동차의 자율주행처럼 말이야. 엄마는 그걸 자율주행에 비유한 자율효도라고 부르고 싶어. 마지막으로 얘기한 자율효도는 부모님의 필요를 이해하고, 그에 맞춰 자발적으로 행동하는 것을 의미해.

자율주행 기술이 엄마의 운전에 대한 두려움을 줄여 주고, 더 안전하고 편안한 생활을 가능하게 하듯이, 자율효도는 전통적인 방식에 얽매이지 않고, 자녀들이 스스로 부모님의 필요를 이해하고 이에 따라 효도를 실천할 수 있게 해 주는 방법이지. 엄마가 운전하지 않아도 되듯, 자녀들도 부모님을 위해 무엇인가를 '꼭 해야 한다'라는 부담감에서 벗어나, 부모님께 진심으로 생각하는 마음에서 자발적으로 효도를 실천할 수 있게 하는 아주 좋은 시스템이야.

이처럼 자율효도의 장점은 자식들이 부모님에 대한 진정한 애정과 이해를 바탕으로 효도를 실천함으로써, 효도가 더욱 의미 있고 진심에서 우러나오는 행동이 될 수 있다는 점이야. 또한, 자율효도는 자식들이 자신의 상황과 능력에 맞추어 부모님을 돌볼 수 있게 되며, 전통적인 효도의 부담감을 줄여 주기도 해.

반면, 자율효도의 단점은 자식들이 자율적으로 효도를 실천함에 따라 부모님의 기대나 전통적인 효도에 대한 관념과 맞지 않을 수 있어. 세대 간의 오해와 갈등이 발생할 위험이 있다는 점도 있지. 하지만 모든 건 양극성을 가지고 있는 듯이, 이 또한 잘 해결해 나가면 좋은 방안이 될 수 있다고 봐.

그러니 엄마는 친구에게 "잘 이겨 내서 너무 고생했다고. 치료를 멈추는 것이 불효가 아니라 '자율효도'를 시작하는 첫 단계이니 자책하지 말라고.

자신의 상황과 능력에 맞춰 부모님에게 최선을 다한 너는 진정한 효녀야."
라고 얘기해 주고 싶어.

　새로운 것을 즐기는 엄마는 전통적인 가치와 현대적인 개념을 조화롭게
연결해 주는 독창적인 '자율효도'를 찬성하는 바야.

　그러니, 딸아, 이 시대의 효도에 대한 고정관념을 내려놓고, 너 자신에게
더 많은 것을 투자해. 네가 행복하고 건강해야 엄마도 진정으로 기쁘고 행
복할 수 있는 거야. 자율효도의 진정한 의미는 바로 스스로 삶을 충실하게
살아가는 데에 있어. 네가 주체적으로 살아가는 모습이 엄마에게는 가장
큰 기쁨이자 효도라는 걸 잊지 마.

13

부지런한 삶의 시작

의미 있는 소비가 가져온 삶의 변화

　모든 사람은 화를 다스리는 자신만의 방법을 하나씩 가지고 있어. 너는 화가 나면 말을 아끼고 조용히 방에 머물러 있는 편인 반면, 엄마는 감정의 기복이 클 때마다 화장품을 사서 그 감정을 풀고는 하지. 화장대 위에 쌓인 화장품들이 마치 엄마의 마음을 대변하는 듯, 요즘 엄마의 화가 얼마나 심했는지 보여 주고 있구나.

　화가 날 때마다 화장품을 구매하는 건 엄마의 감정을 표현하는 독특한 방식이야. 하지만 시간이 지날수록 발생하는 또 다른 문제가 하나 있지. 바로 화장품의 유통기한에 관한 문제야. 화장품이 쌓일수록 유통기한이 지나는 화장품이 늘어나며, 그로 인해 발생하는 물질적, 정서적 낭비는 또 다른 우울함을 불러일으켰어. 엄마는 이 우울함을 견디기 위해 화장품 정리에 나섰어. 화장품을 정리하면서 자신의 감정도 함께 정리해 나가려고 해.

　감정을 다스리는 방법은 사람마다 조금씩 달라. 중요한 것은 그 감정을 건강하게 표현하고 조절하는 것이지. 우리 가족은 각자의 방식을 통해 이를 실천하고 있어. 이 과정에서 서로의 다름을 인정하고 이해하는 것이 감정을 조절하는 데 있어 가장 중요한 부분이야.

우리 삶에서 소비는 단순히 필요에 의한 것이 아니라, 때로는 우리의 감정과 기분을 반영하기도 해. 모든 사람이 가지고 있는 취미나 관심사가 그렇듯, 엄마의 화장품에 대한 애정도 비슷한 맥락으로 이해할 수 있어. 우리는 자신만의 방식으로 스트레스를 해소하고, 기분을 전환하며, 삶의 작은 기쁨을 찾아내곤 하지.

한편으로는 엄마의 이러한 소비가 우려의 대상이 되기도 했어. 화장품을 사 놓고는 사용하기 전에 유통기한이 지나는 경우가 많다는 점에서, 이는 단순한 소비를 넘어서 문제가 되어가고 있었어.

결국 엄마는 새로운 시작을 위해 모든 걸 정리하고, 불필요한 소비 대신 더 의미 있는 소비를 위한 준비를 시작했어. 우선 집에 있던 화장품들을 '당ㅇ마켓'이라는 앱을 통해 싹 다 정리했어. 이번 결단은 단순히 화장품을 정리하는 것에서 그치지 않고, 삶의 태도와 습관을 새롭게 다지기 위함이었어. 엄마는 앞으로도 더 나은 자신을 위해 노력하며, 새로운 방식으로 감정을 관리하고자 하는 확고한 신념을 세웠어.

이 결정의 배경에는 엄마의 묻힌 사연이 있어. 엄마는 평소 자신의 게으름을 반성하며 더 부지런해지고 싶은 마음을 갖고 있었지만, 생각처럼 잘 고쳐지지 않았어. 그러던 어느 날, 열정적으로 일에 임하는 뷰티 크리에이터의 말이 엄마의 마음에 큰 울림을 주었어. "부지런하지 않으면, 그 어떤 화장품을 쓰던 무용지물이다. 그러니 일단 당신을 변화시켜라."

이 얘기가 엄마가 1년을 망설이던 브랜드 화장품을 구매하게 되는 계기가 되었어. 오늘 드디어 그 화장품을 결제한 날이야. 이번 구매는 단순한 충동구매가 아니었어. 부지런함을 향한 엄마의 결심과 자신과의 약속이 담긴 중요한 선택이었어.

부지런함은 하루아침에 이루어지는 것이 아니야. 하지만 이 작은 결심이 엄마에게 큰 변화를 불러왔으면 좋겠다는 마음이 들어.

이번 결정은 엄마에게 구매할 때 그것이 진정으로 필요한지, 그리고 사용할 준비가 되어 있는지 다시 한번 고민하게 했어. 엄마는 이제 화장품을 통해 피부를 관리하는 것이 아니라, 자신의 삶을 관리하고, 더 나은 자신을 위해 노력하는 방법을 찾기로 했어. 귀여운 걸 선호하는 엄마의 취향에 알맞게 패키지부터 용기까지 아기자기했고, 메인 색상까지 엄마가 좋아하는 하늘색으로 되어 있었어.

또한, 매주 라이브 방송을 진행하는 크리에이터를 보며, 엄마는 자신의 게으름을 반성하게 되었어. 살면서 바쁘다는 느낌을 한 번도 받아 본 적 없는 엄마는 주어진 일도 미루다 어쩔 수 없을 때 되어서야 하고는 했었어.

그러나 크리에이터의 열정적인 모습을 보며, 엄마는 자신의 생활 습관을 돌아보게 되었고, 부지런이란 단어와 가깝게 지내게 되었어.

이처럼 각자의 방식으로 감정을 다루는 방법은 다르지만, 중요한 것은 이를 건강하게 표현하고 관리해 나가는 거야. 부지런은 건조한 피부 문제를 해결해 준 것뿐만 아니라, 엄마의 게으른 습관을 고치는 좋은 계기가 되어 주었어.

엄마는 항상 자신을 게으른 완벽주의자라고 얘기했지만, 실은 그냥 게으른 사람이었어. 자신을 인정하는 순간 변화를 받아들일 준비가 된다고 하잖아? 이번 소비는 가격이 다소 높지만, 그만큼의 가치를 가진 소비라고 생각해. 그래서 엄마는 기꺼이 받아들이기로 했어.

이를 통해 소비 자체가 목적이 되어선 안 되는 걸 알았어. 중요한 것은 그 소비가 우리 삶에 어떤 긍정적인 변화를 가져다주느냐는 거야. 엄마가 화장품을 통해 경험한 것처럼, 때로는 새로운 것을 시도하고 그 과정에서 자신을 발견하는 것도 중요해.

그러므로, 너도 엄마의 이야기에서 영감을 받아, 너의 삶에서 새로운 걸 시도해 보고, 그 과정을 통해 부지런함을 터득하여 더 나은 자신으로 거듭날 수 있길 바랄게. 단순히 방을 공주 방으로 변모시키는 것이 목표가 아닝, 그 과정에서 자신을 발견하고, 자신에게 투자하는 시간을 즐기면 좋겠어. 그 결과로 얻어지는 변화와 성장이 진정한 목표가 되길 바랄게.

동화『개미와 베짱이』에 나온 것처럼, 게으른 베짱이 생활에서 엄마는 부지런한 개미로 다시 태어났어. 그러니 엄마와 함께 자기 발견의 여정을 떠나는 건 어때? 소비를 넘어서 자신을 발견하고 가꾸는 것, 그것이 우리가 삶의 여행에서 얻을 수 있는 가장 큰 가치가 될 거야. 그러한 소비는 우리가 자신의 부지런함을 찾아가는 여정을 아름다움으로 물들여 줄 거야.

여름

풀리지 않는 문제,
선택의 갈림길에 선 딸에게

아이를 꼭 낳아야 하나?
싶을 때

✦
아무런 대가 없이 사랑할 수 있는 사이

오늘은 평탄치 않은 아침을 보냈구나. 어질러진 너의 방을 정리하고 한숨 돌리려 소파에서 잠시 휴식을 취하려고 해. 뉴스에 관심이 없는 엄마지만 오늘은 뉴스에 손이 가는구나. 제목만으로도 엄마의 흥미를 자극하는 뉴스가 있었거든. 그건 바로 요즘 최대 이슈인 '아이를 낳아야 하나?'라는 제목이었어.

엄마가 읽었던 문구 중 3구절만 적어 볼게. 너를 갖기 전 엄마의 생각을 그대로 옮겨 놓은 것 같아 반갑기도 하고 한편으로 안타깝기도 했었어.

저출산의 원인 중 3가지는 첫째는 사교육비 부담. 둘째는 여성들의 경력 단절. 셋째는 결혼율 감소. 이렇게 3가지 원인이 요즘 시대 사람들을 강제로 저출산의 길로 인도하고 있어.

2019년 통계에 의하면 한 아이를 키우기 위해 드는 비용이 3억 9천이 필요하다고 통계 수치가 나와있어. 물론 개인 환경에 따라 더 들고 덜 드는 차이는 있겠지만 말이야. 엄마도 정확히 계산해 본 적은 없으나 이렇게 수치를 보니 정말 비용이 어마어마하게 든다는 실감이 나. 그리고 보니 엄마도 열성 엄마일 때가 있었지. 네가 어릴 때부터 유명한 학원들을 전부 다 알아보고 다녔을 정도였으니 엄마도 한몫한 편이지. 하지만 현실 사회가 그러하니 안타까울 뿐이야.

엄마는 두 번째 이유가 확실히 마음에 와닿았어. 너를 낳고 엄마가 일을 할 수 있었던 건 할머니가 너를 돌봐 주셨기 때문이야. 아니면 엄마도 경력 단절이 되었을 수도 있었지. 물론 지금은 경력과 상관없이 엄마가 좋아하는 일을 하고 있지만 말이야. 그러니 어쩌면 가장 심각한 문제가 두 번째 이유가 아닐까 싶어.

요즘은 아이를 맡길 곳도 마땅치 않아서 6개월 된 아이마저 어린이집에 맡기고 출근하는 사람들이 많이 늘고 있대. 고령화 시기 부모님들도 각자의 삶이 있으니, 자식 걱정하기 전 노후 준비에 치이는 슬픈 현실이 참 안타까워. 그러니 누가 아이를 쉽게 가질 생각을 할 수 있을까?

노래 가사 중 "연애는 필수. 결혼은 선택."이라는 가사가 요즘 젊은 층들의 공감을 자아내고 있어. 하물며 너처럼 어린 꼬맹이도 엄마한테 연애는 하고 싶고, 결혼은 늦게 하고 싶다고 얘기하니 더 이상 말해 뭐해. 어릴 적 이 노래가 너의 애창곡이었던 건 기억해? 그때 너의 엉덩이춤 실력은 예술이었어.

만약 네가 엄마한테 아이를 낳아야 하나, 말아야 하나 묻는다면 엄마는 고민 없이 낳아야 한다고 얘기할 거야. 너로 인해 엄마가 많은 걸 배우고 얻었으니. 너도 그런 기쁨을 만끽했으면 좋겠어. 하지만 그래도 고민이 된다면 아래 사항들을 보고 직접 판단해 보는 것도 나쁘지 않을 것 같구나.

그럼, 지금부터 국가에서 얼마만큼 지원을 아끼지 않고 팍팍 밀어주는지 얘기해 줄게. 항상 문제가 존재하면 그걸 해결할 수 있는 답도 있기 마련이니 너무 겁내지 말고 들어주렴.

일단 국가에서 양육에 필요한 기본적인 경제적 지원을 해 줘. 예를 들어, 임신 지원금이 있어. 과거에는 40만 원이었지만, 현재는 무려 100만 원으로 늘었어. 또한 첫 아이를 갖게 되면 200만 원이 지원되는 '첫 만남 이용권'도 있어. 직장인이면 출산 부모 급여도 신청 가능하다고 해. 이 외에도 아동수당 등 요즘은 인터넷 검색만 해도 좋은 정보들을 알 수 있지. 앞으로 이러한 혜택은 점점 더 좋아질 거야. 어때? 경제적인 부분은 조금 걱정을 덜어도 되겠지?

사실 엄마와 아빠도 딩크족으로 살려고 했어. 그러던 어느 날, 예상치 못한 변화가 찾아왔어. 엄마는 무념무상으로 신호등을 기다리고 있었어. 그때 유모차에 앉은 옆집 아이가 엄마에게 팔을 벌려 안아달라고 바둥바둥하는 걸 보게 되었어. 신의 계시일까? 이 순간, 딩크족으로 살려고 했던 엄마의 결심이 흔들리기 시작했어. 결국 이 시점에서 그 결심은 완전히 깨지고 말았어.

엄마는 자신도 모르게 다가가 그 아이를 품에 안았는데, 말로 표현할 수 없는 감정이 북받쳤어. 가슴팍에 품은 그 작은 아이의 심장이 뛰는데, 느리게 뛰던 엄마의 심장이 그 아이의 심장 속도에 맞춰 뛰는 느낌마저 들었어. 신호등이 바뀌고 나서도 엄마는 그 아이를 안고 횡단보도까지 건넜단다. 이렇게 쓰다 보니 그 아이가 너무 보고 싶구나.

그때, 엄마가 아이를 좋아했다는 사실을 새삼 깨닫게 되었어. 단지 아이를 잃은 상처와 부족한 경제력 때문에 스스로 아이를 싫어한다는 착각을 심어 준 걸 알게 된 순간이었어. 그리고 바로 '아이 가져도 될까?'라는 물음표에 '낳아야 한다.'라는 마침표를 찍게 되었어.

그 뒤 아빠한테 얘기했더니, 아빠도 같은 마음이었지만 경제적 여유가 없어 엄마에게 말할 수 없었다고 했어. 엄마의 바람을 알았는지 네가 엄마에게 와 준 시점도 바로 이때였어.

너를 가진 건 엄마의 선택 중 가장 잘한 선택이야. 지금도 그 마음은 변함이 없어. 하지만 너를 갖기까지 온갖 부정적인 생각을 많이 했던 것도 사실이야. 한 아이를 맞이하기 위해서 준비를 철저히 한 부부도 힘들다고 얘기하는데, 하물며 엄마는 인생 계획에 없었던 또 다른 존재를 맞이해야 하니 고민이 얼마나 많았겠어? 지금 보면 쓸데없는 고민을 한 거지.

과연 아이를 싫어하는 엄마가 내 아이를 잘 키울 수 있을지? 그리고 비

정규직인 우리의 경제력으로 아이를 잘 키울 수 있는지? 제일 중요한 건 엄마가 평생 책임질 수 있을지가 제일 큰 문제였어. 엄마는 한번 써 봤던 물건은 다시 사지 않는 습관이 있어. 질려하는 경향이 많아서 그래. 싫증을 잘 내는 편이라 같은 건 다시 쓰지 않았지.(널 물건에 비유해서 미안해.)

어느 판타지 소설에서 사신이 죽고 싶은데 겁이 많아 죽지 못하는 한 사람에게 제안하는 장면이 떠오르는구나. "좋은 제안 하나 할게요. 당신의 목숨을 살게요. 대신 시간을 되돌릴 수 있는 시계를 줄게요."

만약 그 사신이 엄마한테 당신의 젊음을 되돌릴 기회를 주면(그럴 일은 없겠지만) 엄마는 젊은 시절로 돌아갈까? 글쎄. 아직 그런 제안을 받아 본 적이 없어서 이런 선택을 할지 모르지만 일단 엄마는 네가 없는 세상은 선택하지 않을 거야.

오히려 널 더 빨리 낳았으면 어땠을까? 시간을 되돌릴 수 있다면 널 더 빨리 만나고 싶다는 생각이 들어. 그 정도로 넌 엄마한테 소중한 존재야. 그러니 너만큼 소중한 아이를 꼭 만나 보길 바랄게.(물론 성인 되고 나서 만나는 걸 추천해.)

결론은 '아이를 꼭 낳아야 하나?'의 질문에 엄마는 '낳아야 한다.'라는 답을 줄게. 물론 그에 대한 대가는 많이 치러야 하겠지만, 그로 인해 얻는 기쁨이 훨씬 더 많을 거야. 즉, 잃는 것보다 얻는 게 많을 때는 그 일을 하는 게 옳다고 생각해. 하물며 요즘 혜택들도 많으니 좋은 기회를 포기하지 않길 바랄게.

'아무런 대가도 바라지 않고 베푸는 사랑이야말로 참된 사랑이다.'

자식과 부모는 아무런 대가를 바라지 않고 서로 사랑을 베푸는 사이임이 분명해. 엄마도 너와 참된 사랑을 이어가고 싶어. 만약 그렇지 않더라도, 넌 엄마의 딸이고 소중한 존재이니 너무 부담 갖지는 마.

선택하기 어려울 때

✦

결정장애가 생길 때의 대처법

원고 마감이 코앞인데도 엄마는 노래 듣는 걸 놓을 수 없었나 봐. 코요태의 〈순정〉을 듣던 중 가사가 너무 마음에 와닿는 거야.

"어느 날 갑자기 슬픈 내게로 다가와 사랑만 주고서 멀리 떠나가 버린 너." 가사가 마치 야속한 너의 짝사랑 상대에게 토로하는 가사처럼 들렸어. 어릴 때도 이 노래를 많이 들었지만, 그때는 가사 속의 슬픔을 이 정도로 깊이 공감하지 못했어.

주변 친구들 사이에서 너만 유독 '모솔'이라는 사실이 네 마음을 아프게 하는 것 같아. 인기가 없는 게 아닐까? 하는 생각에 점점 자신감을 잃어 가는 널 보니 속상하구나. 솔직히 엄마는 너를 좋아하는 애들도 많이 봐 왔거든. 몇 번의 기회가 있었음에도 넌 언제나 짝사랑 상대만 바라보고 있었어.

이건 네가 인기가 없는 게 아니라, 어쩌면 너의 선택이 낳은 결과라고 얘기하고 싶어. 요즘 마음이 급해진 네가 엄마한테 어떤 선택을 해야 할지 물었잖아? 선택하기에 앞서 이런 문제들을 한번 짚고 넘어가 보면 어떨까? 그러면 아마도 조금 더 현명한 선택을 할 수 있을 거야.

사람은 가끔 자신을 진심으로 좋아해 주는 사람의 가치를 잘 모를 때가 많아. 하지만 어른이 되면서 널 좋아해 주는 사람이 얼마나 소중한지, 그리고 그들과의 관계가 우리에게 얼마나 큰 행복을 가져다주는지를 깨닫게 되지. 엄마 역시 네 나이에는 느끼지 못했던 것들을 시간이 지나면서 하나씩 깨닫게 되었단다.

결국, 사랑과 관계에 있어서 가장 중요한 것은 너의 선택이야. 너의 선택이 무엇보다 중요해. 너를 진심으로 좋아하는 사람을 만날지, 아니면 무작정 기다림을 선택할지, 그 선택은 전적으로 너에게 달려 있어. 두 가지 선택 모두 각기 다른 결과를 가져오며, 이는 너의 인생에서 중요한 순간을 형성하게 될 거야.

그러나 선택의 순간에 있어서 중요한 것은 네가 자신에게 올바른 질문을 던지고, 그에 대한 답을 찾아가는 과정은 꼭 거쳐야 해. '나에게 진정으로 중요한 것은 무엇인가?', '진심으로 나를 행복하게 하는 것은 무엇인가?' 같은 질문들이 네 마음의 답을 찾는 데 도움이 될 거야.

자신에게 진심으로 묻고, 그 과정에서 네가 진정 원하는 것이 무엇인지를 깨달을 때, 너는 더 나은 선택을 할 수 있어. 누군가를 기다리는 것과 누 군가를 만나는 것, 두 경로 모두 각자의 장단점을 지니고 있어. 그러니 너 에게 맞는 길을 선택하는 것이 중요하단다. 이 모든 과정을 통해, 진정으로 원하는 너의 사랑과 행복을 찾기를 바랄게. 결국 사랑의 여정은 너에게 진 심을 전하는 과정이니까.

사랑은 때로 우리를 혼란스럽게 하고, 선택의 갈림길에 서게 만들기도 해. 가까이 있어도 너의 생일 선물을 챙기지 않는 짝사랑 상대. 해외여행까 지 가서 네 선물을 챙기는 너를 좋아하는 상대. 너는 어떤 상대가 더 괜찮 을 거 같아?

물론 지금은 감정이 앞서 판단이 어려울 수도 있어. 하지만 시간이 지나 면 누가 더 소중한 존재인지 판단할 수 있는 능력이 생길 거야. 엄마도 한 때 나쁜 남자 스타일이 좋았지만, 결국은 자상한 아빠를 선택했지.(아빠가 보면 무지 좋아할 거야.)

엄마는 같은 곳을 바라보는 사람과 함께 걸어갈 때 지치지 않고 재미도 있었어. 시간이 지난 뒤, 엄마 나이가 되면 엄마가 준 조언의 의미를 알게 될 거야. 그러니 너의 짝사랑 상대가 고백하지 않는다고 너무 상심하지 않 았으면 해. 너는 그 자체로 의미 있고 소중한 존재니까.

사랑은 우리를 성장하게 하고, 때로는 아프게도 해. 하지만 그 모든 과정이 너를 더 강하고 아름다운 사람으로 만들어 줄 거야. 그러니 용기를 가지고, 너의 마음이 이끄는 대로 나아가봐. 너의 선택이 어떤 것이든, 그것이 너의 삶을 더욱 풍요롭게 만들어 줄 거야.

너는 지금, 많은 생각과 고민에 빠져 있을 거야. 그리고 그 과정에서 '모솔'이라는 단어가 너를 어떻게 정의할 수 있는지, 혹은 너의 가치를 어떻게 표현할 수 있는지에 대해 생각하게 되겠지. 네가 어떤 마음으로 이 글을 읽게 될지, 어떤 생각을 하게 될지 궁금해. 네가 지금 겪고 있는 고민과 혼란을 엄마는 너무나 잘 알고 있어. 그 마음을 담아 네가 진정으로 원하는 것을 찾아가는 여정에 조금이나마 도움이 되고자 이 글을 쓰게 되었어.

결국 중요한 것은 네가 어떤 선택을 하든, 엄마는 항상 너를 지지한다는 거야. 그러니, 머뭇거리지 말고 하고 싶은 일을 다 하면서 살아가도 돼. 물론 법에 어긋나지 않는 한 말이야.

가까이 있어도 너의 가치를 모르는 사람보다는, 멀리 있어도 너를 진정으로 생각하는 그런 사람을 만나길 바라. 네가 어떤 선택을 하고 무엇을 추구하든지 상관없이 엄마는 널 응원해. 언젠가 너에게도 진정한 사랑이 찾아올 거라고 믿으면서 말이야.

다소 위험했던 가족여행

어릴 적 수영을 배우지 못한 엄마는 늘 물을 무서워했어. 깊은 물 속에 가까이 가는 것조차 두려워했고, 물놀이도 즐기지 않았어.

3년 전, 가족여행에서 수영도 못하는 엄마는 너와의 추억을 만들려고 큰 맘 먹고 바다에 뛰어 크게 물 먹은 적 있었어. 그 뒤 엄마는 절대 물속에서의 무모한 행동은 하지 않기로 마음먹었어. 엄마는 그날 타지에서 객사하는 줄 알았어. 역시 사람은 자신감만으로 도전하면 안 된다는 걸 깨달았지.

해외여행 중, 네가 엄마를 졸라서 다시 한번 바다에 도전장을 던졌어. 이 번은 구명조끼까지 착용하고 물놀이를 시작했어. 물에 절대 빠지지 않겠다는 일념으로 엄마는 매트 위에서 필사적으로 몸을 움직였어. 그날, 엄마는 자신의 평형 감각이 예상외로 좋다는 것을 알게 되었어.

이 경험을 통해 엄마는 강아지들이 왜 사람보다 평형 능력이 뛰어난지 이해하게 됐어. 두 발보다는 네 발이 평형을 잡기 더 쉽다는 사실을 엄마는 몸소 체험하며 깨달았어. 바다에서의 그 노력은 주변 사람들에게는 다소 우스꽝스러워 보였을지 몰라도, 엄마에게는 생존을 위한 몸부림이었어.

그렇게 첫날의 여행은 순조롭게 막을 내렸어. 문제는 다음날이었어. 전날 느꼈던 자신감 때문인지, 엄마는 바다를 얕보았지. 아빠와 넌 엄마를 바다에 빠트리려 했고, 결국 엄마는 물에 빠지고 말았어. 구명조끼도 착용하지 않는 엄마는 얕은 물임에도 불구하고 그대로 물속으로 가라앉아 버렸어. 그 순간 영화에서 물에 잠길 때 왜 소리 한번 못 지르고 물 밖의 소리는 왜 귀에서 윙윙 들리는지를 깨달았어. '이렇게 죽겠구나.' 싶은 찰나, 누군가 엄마를 끌어 올리는 힘이 느껴졌어. 살았다는 안도감도 잠시, 호흡이 가빠지고 기침이 이어졌으며, 귀속은 물이 가득 차 있어서 멍멍했어. 물속에 서 있을 때와 별반 차이가 없었지.

육지의 신이 용왕의 자식을 낳으면 이런 기분일까? 네가 모든 물보라와 물결을 즐기는 동안 엄마는 물에서 허우적대며 본능적으로 건조하고 메마른 육지를 향해 손을 뻗었어. 물론 잡히진 않았지만 말이야.

오늘 알게 된 사실 하나가 있어. 엄마는 불구덩이 속에서 너를 구할 수 있지만, 물구덩이 속에는 같이 빠질 수밖에 없겠다는 걸 말이야. 엄마는 아까 왜 손을 놔 버렸냐고? 원망스러운 눈빛으로 너를 째려봤지. 엄마가 손을 놓은 거라고 억울한 표정을 짓는 너를 보니 더 괘씸했어.

 어릴 적, 앞집에 불이 난 적이 있었어. 불안한 엄마는 할아버지에게 전화를 걸었어. 그때 할아버지가 한 얘기가 기억이나. 바람은 너의 집 반대쪽으로 불어 집에 불씨가 옮겨갈 가능성이 없으니 안심하라고.

 그 순간 네가 엄마의 손을 놓았다고 생각된 건 아마도 생존 본능 속에서 가장 의지했던 너에게 원치 않은 경험을 맛본 엄마가 살고자 하는 욕망이 왜곡된 진실을 보여 준 거 같아. 결국 본능적 욕구가 만들어 낸 허구적인 생각이었던 거지. 마치 어릴 적 바람이 불어 우리 집에 불씨가 옮겨붙을 거라는 두려움처럼, 실제로 일어나지 않은 일임에도 두려움이 만들어 낸 불안의 또 다른 허상임을 알게 되었어.

 우리 모녀는 물과 불처럼 서로 맞지 않는 면도 많지만, 그럼에도 서로에 대한 애정만은 애틋했어. 옥황상제와 염라대왕처럼 자신의 주장을 내세우며 다툴 때도 많지만, 마치 물과 불이 마주쳐도 싸움이 큰 성과를 남기지 않듯이 결국 우리는 웃음과 대화로 화해하는 법을 잘 알고 있었지.

 이번 여행은 시작부터 다소 위험했지만, 그래도 짜릿한 추억이 된 것 같아. 솔직히 너무 평범해도 여행의 묘미가 없잖니? 그로 인해 수영을 배워야 한다는 생각을 다시 한번 하게 되었어. 보통 이런 일을 겪으면 트라우마로 남겨지기 마련이지만, 엄마에게는 오히려 새로운 도전을 시작할 계기가 되었어.

살면서 예상치 못한 불안을 많이 겪게 될 거야. 하지만 그 불안을 이겨
나가는 방법을 터득하면 된단다. 그러면 허상의 감정은 덩어리에서 점으로
전환되는 신비한 결과를 보게 될 거야. 엄마와는 달리, 너는 실제로 일어나
지 않은 일에 대한 두려움 없이 살아가길 바랄게.

이길 수 없는 '연적'

언젠가 네가 남자 친구와 장난으로 뽀뽀한 사실을 아빠에게 얘기했다가 깜짝 놀란 적이 있었지. 너에게 화를 버럭 내며 그런 장난은 하지 말라고 혼냈던 기억이 나? 함께 살면서 아빠가 그렇게 화를 내는 건 처음 봤어. 심지어 엄마와 싸울 때도 아빠는 늘 차분했고, 사안을 조목조목 따져가며 대처하는 스타일이었거든. 화가 많지 않은 아빠가 아이들 장난에 그렇게 화를 낼 줄은 몰랐어. 엄마는 그 모습이 너무 웃겨서 지금도 두고두고 아빠를 놀려 주곤 해. 너의 아빠가 그런 반응을 보인 건 아마도 아빠만의 사랑 표현 방식일 거야. 이 사건 이후로 엄마는 아빠에게 너의 연애사에 대해 일절 얘기하지 않았어.

5학년 때쯤, 네가 아빠한테 좋아하는 남자애가 생겼다고 스스로 말한 적 있었지? 짝사랑이라 힘들다며 하소연하는 너를 보니, 어른스러워 보였어. 신기하게도 그날은 아빠가 화내지 않고 무덤덤하게 듣고만 있더라? 이젠 딸 연애에 관심이 없는 걸까? 그렇게 서로의 짝사랑 이야기가 오가던 중, 넌 대뜸 아빠에게 첫사랑이 누구냐고 물었고, 아빠는 아주 예쁜 사람이라고 대답했어. 엄마보다 더 예쁘냐고 묻자, 아빠는 엄마보다 예쁘다고 답해 너를 당황하게 했지. "근데 왜 엄마랑 결혼했어?"라고 의문을 품고 물었던 너에게, 아빠는 엄마와 결혼해서 첫사랑을 알게 되었다는 의미심장한 말을 늘어놓아 너를 혼돈에 빠지게 만들었어.

너는 또다시 아빠에게 지금도 그 여자를 사랑하냐고 물었고, 아빠는 말도 많고 탈도 많지만, 그 여자를 너무 사랑한다고 했지. 그 말을 듣고 참고 있던 울음을 터뜨리며, 엄마 아빠 이혼하지 말라며 대성통곡했어. 그 여자가 누군지 알려달라며 찾아가겠다고 말할 때, 엄마는 새어 나오는 웃음을 겨우 참았어. 사실 엄마는 이미 그 여자가 누군지 알고 있었거든. 그리고 너도 잘 알고 있는 사람이야. 그녀가 자신인 줄 모르고 울고불고한 너를 생각하면 지금도 웃음이 나.

남자와 여자의 첫사랑은 정말 많이 달라. 여자는 처음 사랑한 최초의 사람을 '첫사랑'으로 생각해. 반면, 남자는 자기 삶에 마지막으로 남아 있는 사랑 즉 변치 않는 사랑을 '첫사랑'으로 생각해. 이런 비유를 통해 보면 아빠에게 너는 그야말로 '첫사랑'인 셈이지. 너는 아빠의 삶에서 변하지 않는 유일한 사랑이니까. 이제 그 첫사랑의 주인공을 알았으니 어때 마음이 좀 풀려?

아빠가 너를 얼마나 소중히 여기는지, 그리고 너를 얼마나 사랑하는지 알고 나면 아마 아빠의 마음에 감동할 거야. 간혹 어린애 같은 반응을 보이더라도, 그것은 아빠의 또 다른 사랑의 방식이니 네가 이해하고 받아들이면 좋겠어.

먼 훗날 네가 결혼하는 날, 아빠의 마음이 크게 동요할 것 같다는 생각이 들어. 그날이 오면, 너에 대한 아빠의 깊은 사랑과 복잡한 감정이 복합적으로 작용하여 너를 향한 마음이 조금 어리석게 작용할 수 있어. 그러다 네가 결혼하게 될 사람과 '맞짱'을 뜨게 되더라도, 그것 또한 아빠가 너에 대한 마지막 사랑의 표현이니, 그때 모른 척 아빠 편을 들어주면 어때? 우리 가족의 평화를 위해 말이야.

오늘은 무얼 하는지 딸깍거리는 소리만 들리는구나. 네가 요즘은 예민해서 잠을 못 이루는 거 같아 차 두 잔을 준비했어. 식기 전에 너한테 갖다주고 싶지만, 문을 여는 순간 너의 가장 아끼는 곰돌이가 던져질까 두렵구나. 결국 엄마는 손을 키보드 위에 묶어 놓고 있어. 아무렴 오늘도 좋은 꿈 꾸고 잘 자기 바랄게. 식어 버린 차는 너 대신 엄마가 다 마셔야겠구나. 오늘 저녁은 화장실을 자주 가겠구나. 예민한 널 위해 엄마의 방광을 조금이나마 더 쥐어짜 보도록 노력할게.

아빠의 '첫사랑' 딸아, 너는 영원히 아빠의 '첫사랑'으로 남을 테니 자랑스러워해도 돼. 영원한 엄마의 '연적'아, 너는 아빠의 사랑을 독차지하고 있는 아주 행복한 아이라는 걸 기억해 줘.

비록 장기 출장 중이지만, 아빠의 마음은 항상 너의 곁에 있다는 걸 잊지 마. 넌 영원히 엄마의 사랑스럽고 소중한 '연적'이야. 이렇게 예쁜 '연적'이라면 하나 더 갖는 것도 나쁘지는 않을 거라는 생각을 잠시 해 보게 되는구나.

5
약밥

✦

약속을 밥 먹듯 어기는 너

벌써 친구가 엄마보다 더 소중한 나이가 되었구나. 하지만 친구 때문에 엄마와의 약속을 어기는 일은 없었으면 좋겠어. 사람이 살아가면서 서로가 한 약속은 꼭 지켜야 한다는 걸 잊지 말아야 해. 약속은 지키려는 다짐이야. 지키지 못할 약속은 하지 않기보다 못하단다.

너의 별명이 약밥이 되기 시작한 건 초등학교 3학년 때부터였어. 그때부터 친구와의 관계가 깊어지면서 함께 있는 시간을 늘리기 위해, 엄마와의 약속 시간이 지나도록 집에 들어오지 않곤 했지. 그로 인해 엄마는 늦은 밤 너를 찾아 동네를 샅샅이 뒤져야만 했어. 혼나도 그때뿐, 다음날이면 다시 까맣게 잊고 또 늦게 돌아오는 네 덕분에 엄마는 두통약을 끊을 수가 없었 단다. 약속을 왜 지켜야 하는지 모르겠다고 했던 말 때문에 혼나기도 했지 만, 쉽게 고쳐지지 않는구나. 자유로운 영혼의 소유자인 건 알겠지만 '약속' 에 대해서는 너한테 꼭 얘기해 주고 싶어.

약속은 사람들과의 신뢰를 바탕으로 지켜야 할 중요한 항목이야. 약속은 지킬 수 있는 범위 내에서 신중하게 해야 한다는 걸 기억해야 한단다. 사람들은 중요한 약속은 잘 지키는 대신, 가벼운 약속은 쉽게 생각하여 종종 어길 때가 많아. 너도 그렇지. 하지만 아무리 사소한 약속이라도 한번 어기게 되면 네가 잃은 신용은 그 어떤 물질적 손해보다 크다는 걸 명심해.

그러니 약속은 그만큼 깊이 생각해서 결정해야 해. 어기기 위한 약속이 아니라 지키기 위한 약속이어야만 하지. 엄마는 네가 아무리 작은 약속이라도 가볍게 여기지 않았으면 좋겠어. 그래서 오늘은 약속을 잘 지키는 방법에 관해 얘기해 볼게.

약속은 항상 신중하게 결정하고, 너의 능력을 고려해 현실적인 약속을 잡는 연습부터 하면 좋아. 그리고 작은 약속부터 하나하나 지켜 나가는 연습을 해 보는 거야. 약속을 깜빡 잊어버릴 수 있으니, 걱정된다면 핸드폰 달력이나 알람을 설정해 두는 것도 좋아. 그래도 약속을 자꾸 어기게 된다면, 그때는 왜 내가 약속을 어기는지 이유를 찾아보고 상황을 분석해 보는 거야. 그리고 해결 방법을 찾아보는 것이 중요해. 물론 엄마와 함께 말이야.

율리시스 계약은 자기 제어의 일종으로 더 나은 미래를 위해 현재 자신에게 특정한 제약을 설정하는 것을 말해. 그리스 오디세우스 이야기에서 유래된 이 개념은 자신에게 동기를 부여하고 약속을 지키기 위해 단기적인 유혹이나 습관을 저항하는 데 도움을 줘. 따라서 이는 자아 통제력을 강화하고, 자기 발전을 위한 길을 탐색하는 유용한 전략이 될 수 있어.

예를 들면, 혼술을 자주 하는 엄마가 혼술을 하게 되면, 만 원을 너에게 주는 약속을 정하거나, 손톱을 씹는 습관을 고치려는 네가 2주 동안 손톱을 씹지 않으면, 엄마가 너에게 2만 원을 주기로 한 약속처럼 말이야.

엄마가 노크 없이 문을 열어서 미안해. 간식을 빨리 주고 싶은 마음이 앞서 노크하는 것마저 잊었어. 요즘은 너의 방문을 여는 순간이 두려워. 곧 터질 듯 불안불안한 시한폭탄 같은 너를 마주하면 엄마도 함께 터져 버릴 거 같거든. 오늘도 터질 뻔한 마음을 다스리며 바로 사과하고, 다음부터는 꼭 노크하고 들어간다고 약속했지. 엄마도 우리 사이의 작은 약속부터 잘 지켜 나가도록 노력할게.

라이언 베개를 왜 버렸냐며 고래고래 소리 지르는 너의 외침을 뒤로 하고, 따뜻한 차 한잔을 손에 들고 안방으로 피신했어. 너의 목디스크 예방을 위해 더 괜찮은 걸 장만했으니, 엄마를 너무 많이 원망하지는 말아 줘.
그리고 잠 좀 자자. 불면증이 심한 엄마보다 네가 더 못 잘 수가 있다니. 이게 말이 돼? 사춘기 때 불면증 증상도 있는지 알아봐야겠어. 어찌 됐든 불같이 달아오르는 네 사춘기가 빨리 지나가면 좋겠어. 착한 엄마 딸, 약속을 잘 지키고 상대방에 대한 배려와 존중을 아는 너의 변화를 기대할게.

진짜 어른이 된다는 건

♦ 도전과 극복의 순간

오랜만에 여유가 생겨 소설책을 읽다가 많은 깨달음을 얻은 하루가 되었어. '마라톤'이란 제목을 가진 이 소설은 주인공 강 씨가 10년 동안 아버지를 지극정성으로 간호하다가 아버지가 돌아가신 후, 자신의 가정을 되찾으려는 이야기로 시작이 돼. 하지만 아내는 이미 떠났고, 아들은 독립한 상태였지. 이런 상황에서 강 씨는 폐암 말기 판정을 받게 되지.

그러면서 아들과 마지막 추억을 만들기 위해 함께 마라톤을 뛰며 그동안의 갈등을 풀어 나가는 감동적인 사연이 담긴 소설이야. 이 소설은 효심과 가족 간의 화해를 중심으로, 마라톤을 통해 서로를 이해하고 유대를 회복하는 과정을 감동적으로 그려 냈어.

이해하지 않을 줄 알았던 아들이 아버지를 이해하게 되는 과정을 보며, 엄마도 부모님에 대해 다시 한번 생각하게 되는 계기가 되었어. 부모님의 사랑과 희생, 그리고 부모님의 겪으셨던 삶의 무게를 다시금 되새기게 되었단다. 그동안 미처 알지 못했던 부모님의 마음을 조금이나마 이해하게 되었어. 소설 속에서 특히 아들이 아버지와의 관계를 회복하는 과정이 너무 감동적이었어. 그리고 아빠가 마지막으로 남긴 유언과도 같은 얘기가 엄마의 심금을 울렸어.

"지구가 생길 때 낮이 먼저였을까? 밤이 먼저였을까? 확실한 건 낮과 밤은 공존한다는 거야. 이 두 요소는 서로를 보완하며 하루를 만들지. 마라톤의 시작점과 도착점도 마찬가지야. 낮과 밤이 공존하며 하루를 완성하듯, 마라톤의 시작점과 도착점도 공존하며 완주라는 개념을 만드는 거야."

이 지문을 통해 엄마는 우리가 살아가는 세상도 그렇지 않을까? 라는 생각을 해 보게 되었어. 인생이라는 긴 여정은 마치 마라톤과 비슷해. 시작과 끝이 공존하고, 그 과정에서 우리는 수많은 도전과 성취, 때로는 좌절과 실패도 경험하게 돼. 마라톤의 시작점에서 출발할 때, 우리는 새로운 도전을 향한 설렘과 긴장감을 안고 첫발을 내밀어. 그리고 도착점을 향해 달려가는 동안, 끊임없이 자신의 한계를 시험하고, 극복하며, 성장해 나가려고 노력하지.

마라톤을 완주하는 과정에서 우리는 지치고 힘들 때도 있어. 그 모든 어려움을 이겨 내고 도착점에 도달했을 때 느끼는 성취감과 기쁨은 이루 말할 수 없을 만큼 크지. 마라톤의 도착점은 단순한 목적지가 아니라, 그동안의 노력과 인내가 결실을 보는 순간이야.

인생도 마찬가지야. 우리는 인생의 여정에서 크고 작은 목표들을 설정하고, 그 목표를 향해 꾸준히 나아가지. 그 과정에서 수많은 도전과 실패를 경험하지만, 중요한 것은 그 모든 과정에서 우리는 늘 배우고 성장한다는 점이야.

결국, 인생의 여정은 우리가 얼마나 많은 목표를 달성했는가보다 그 과정에서 얼마나 성장하고 배웠는가에 달려 있어. 그리고 그 경험들이 어우러져 하나의 완성된 이야기로, 바로 나만의 인생 북으로 만들어져.

마라톤을 떠올리면 엄마는 설렘과 뿌듯함이 함께 떠올라. 시작점에 설레는 마음을 안고 서서, 완주했을 때의 뿌듯한 감정을 상상하는 것만으로도 가슴이 벅차오르거든. 엄마는 사실 뛰는 걸 무지 싫어해. 그런데 오늘 문득 뛰고 싶다는 생각이 들었어. 지구력과 근력, 그리고 정신력이 모두 뒷받침되는 종목인 마라톤을 위해 저녁마다 뛰어 볼까? 싶어. 너도 함께 뛸래?

〈나 혼자 산다〉라는 예능에서 기안84가 마라톤을 완주하는 모습을 보는데, 정말 멋있더라. 그림도 잘 그리고 끈기도 있고, 옷 핏도 좋은 기안84를 원래 좋아했지만, 이번 마라톤을 보고 그의 마성의 매력에 더 빠지게 되었어. 그만큼 마라톤 자체의 매력을 느꼈다는 거겠지?

엄마는 사실 그동안 운동에 큰 흥미를 느끼지 못했어. 하지만 이 아름다운 스포츠에 한 번 도전해 보고 싶다는 마음이 점점 커지고 있어. 언제가 될지 모르지만, 이 소망을 너와 함께 이루고 싶구나. 끈기와 인내, 그리고 성공이라는 3대 요소를 두루 갖춘 마라톤은 우리에게 많은 것을 가르쳐 줄 거야.

언젠가는 너와 함께 마라톤을 완주하는 꿈을 꾸고 있어. 비록 5km의 짧은 경주일지라도, 그 순간을 함께 나누고 싶어. 우리 함께 달리면서 서로의 존재를 더욱 소중하게 생각하길 바랄게. 그 과정을 통해 애정이 더욱 크게 피어나길 기도하면서 말이야.

사랑하는 딸아, 인생이라는 마라톤에서 때로는 힘들고 지칠 때가 있겠지만, 육체적 한계를 넘어서며 얻는 성취감과 자신감을 통해 삶의 에너지를 얻어 가면 좋겠어. 그리고 인생의 여러 도전에 맞서 이길 수 있는 진정한 어른으로 자라길 기대해. 엄마는 항상 너를 응원하고 지지할 거야.

작은 거인 '기부 천사'

✦

따뜻한 마음을 나누는 행위예술

코로나로 장기 출장 중인 아빠와 떨어져서 지낸 지 어언 3년이 되어가는 구나. 사회적 거리 두기가 종료되자마자 아빠 보러 가자고 졸라 대는 널 위해 티켓을 알아보던 중, 네 여권이 만료된 사실을 알게 되었어. 여권 발급을 위해 구청에 가는 내내 "엄마 때문이야!"라며 투덜거리는 널 보며 차오르는 화를 참았어. 코로나 시국에 누가 여권 발급을 해 주냐고! 따지고 싶었어. 그래도 모성 본능이 이성 본능을 잘 다스린 덕분에 다툼 없이 조용히 출발길에 오를 수 있었어.

전에는 동사무소에서 발급했던 것 같은데, 엄마의 기억 오류인지 구청으로 가야만 했어. 운전을 싫어하는 엄마는 대중교통으로 구청까지 가야만 했고, 이 와중에 학원 가야 한다며 짜증을 내는 너를 달래며 겨우 구청에 도착했어.

구청에 들어서는 순간, '베이비박스 아동 후원 행사'라는 작은 팸플릿이 보였어. 여러 사람들이 후원 행사를 알리기 위해 노력하고 있었고, 그중 한 여성이 엄마를 멈춰 세우고 아이들의 후원을 부탁했어. 하지만 늦어 버린 엄마는 그 요청에 응할 여유도 없이 구청 안으로 급히 걸음을 옮겼어.

너는 의아한 눈으로 엄마를 바라보며 물었어. "기부 천사인 엄마가 웬일로 기부를 안 해?" 너한테 기부 천사로 보였다니, 참 부끄러우면서도 뿌듯하구나. 비록 큰 금액은 아니지만, 조금이나마 다른 이들을 도우며, 느끼는 그 뿌듯함과 행복은 이루 말할 수 없어.

하지만 그날은 약속 시간이 늦은 이유도 있었고, 지난주 뉴스에서 본 기사가 떠올라서 감정이 격해져 제대로 된 생각을 할 수 없었어. 요즘 10대 아이들이 잘못된 선택으로 태어난 아이를 베이비박스에 버리는 일이 늘어간다는 얘기였어.

엄마는 순간의 감정에 휩싸여 "엄마도 포기한 아이를 왜 엄마가 도와야 하지?"라는 절대 입 밖에 내뱉지 말아야 할 잔인한 말을 뱉어 버리고 말았어. 그 말을 뱉은 엄마의 얼굴은 마치 한여름에 히터를 켠 듯 붉게 달아올랐어. 엎질러진 물은 주워 담을 수 없다는 말이 와닿는 순간이었어. 그 말을 수습하기에는 이미 늦었고, 어떻게 이 상황을 해결해야 할지 고민하는 엄마에게 너는 또 한 번 더 부끄러운 늪에 빠져 버리게 했어.

"그들도 그들 나름의 이유가 있었을 거야. 그래도 베이비박스에 맡긴 엄마는 착한 엄마야. 얼마 전 TV에서 봤어. 아이를 해치거나 학대하는 부모들도 많다고. 그러니 우리가 도와주자. 내 용돈으로 기부할게. 그럼 나도 기부 천사 되는 거 맞지?"라며 주머니에서 꺼낸 천 원짜리를 들고 신나게 달려가 기부 통에 넣고는 특유의 보조개를 보이며 웃는 너를 보았어.

너의 말에 담긴 의미는 깊어서 엄마의 내면까지 울림을 주었어. '기부 천사' 타이틀은 단순히 물질적인 지원을 넘어서 사랑과 관심 그리고 따뜻한 마음을 나누는 행위를 의미해. 넌 어린 나이에 벌써 그 사실을 알았구나. 말과 행동에서 너의 때 묻지 않은 밝은 미래가 보여. 아마 '기부 천사'라는 타이틀은 엄마보다는 너에게 더 잘 어울리는 단어 같구나.

네가 얘기했듯이 어떠한 부모도 이유 없이 아이를 포기하지 않아. 모든 결정 뒤에는 그들만의 사정과 이유가 있기 마련이지. 그들의 사정을 이해하려면, 그들의 입장이 되어 생각해 봐야 했어. 엄마가 감정이 앞서 하지 말아야 할 행동을 보였구나. 어른으로서 이런 모습 보여서 미안해. 다시는 악마의 속삭임에 흔들리지 않고, 아름다운 미래를 위해 좋은 모범을 보여주는 엄마가 될게.

여권을 발급하고 나오는 길에, 엄마도 아이들에게 조금이나마 도움이 되길 바라는 마음을 갖고 소소하게 기부금을 넣었어. 아이들 걱정하는 마음에 비하면 너무 미비한 금액이지만, 그로 인해 엄마의 마음은 조금 가벼워졌어. 엄마의 작은 도움이 아이들에게 희망과 변화를 주었으면 좋겠어.

　엄마의 순간 실수를 넘어서, 진심으로 다른 이들을 도울 줄 아는 따뜻한 마음을 지닌 네가 너무 자랑스러워. 네가 성장하여 어른이 되었을 때, 그 사랑과 이해를 바탕으로 많은 사람에게 좋은 영향을 줄 수 있는 '기부 천사'가 될 거라는 확신이 들어.

　딸아, 너의 따뜻한 마음과 작은 도움이 세상을 조금 더 밝고 희망찬 곳으로 만들어 가길 응원할게.

너를 외면하면서까지
타인을 사랑하지는 말아 줘

아빠가 사업을 시작하며 기러기 가족으로 생활한 지 벌써 많은 시간이 흘렀구나. 연간 4번 정도 만날 수 있었지만, 코로나로 인해 지난 3년은 너와 엄마에게 너무나도 가혹한 시간이었어. 그런데도 잘 견뎌줘서 고마워. 하루에도 수십 번의 통화로 너를 귀찮게 하는 아빠지만, 그건 아빠가 너를 너무 사랑해서 그랬다는 걸 알아주면 좋겠어. 그렇게 아빠는 우리에게 멀리 있지만, 마음만은 가까운 곳에 있는 존재가 되었지.

때로는 친구들이 엄마에게 "남편 없이 혼자 외롭겠다."라며 말할 때도 있지만, 엄마는 오히려 "밥해 줄 입 하나 줄어서 편하다."라고 답해서 부러움을 자아내기도 했지. 그 말들을 위로 차원에서 얘기했을지 모르지만, 실제로는 엄마의 마음에 크게 와닿지 않았어. 사람이 얻는 것이 있으면 포기해야 하는 것도 있는 법. 우리는 조금 더 풍요로운 삶을 위해 멀리 떨어져 있는 불편함을 감수한 것뿐이니.

초반에는 남들의 시선을 의식하여 통화도 일부러 많이 하고, 입국한 아빠와 함께 모임에도 많이 나가곤 했지만, 이제는 그러지 않기로 했어. 불필요한 시선으로 인해 소중한 시간을 낭비하고 싶지 않으니까. 너도 마찬가지로, 불필요한 시선에 신경 쓰지 말고 당당히 너의 길을 걸어가면 좋겠어.

아빠의 부재가 너에게 상처로 남을까 봐, 엄마는 더 엄격한 잣대로 너를 키웠어. 아빠 없이 커 가는 너에 대한 사람들의 시선을 걱정하며, 너의 인격 형성에 최선을 다했어. 때로는 네 행동이 엄마의 기대와 달리 이상한 방향으로 흘러갈 때 화도 많이 났었어.

너를 향해 '아빠 없는 애'라며, '너를 두고 도망친 거 아니냐'며, 조롱하는 친구들의 말을 무시하고 집에 와서 일기를 쓰는 너를 보았어. 일기장의 맨 마지막에 '그래도 결국 안 울었음'이라고 적혀 있는 걸 보고 엄마가 되려 펑펑 울었어. 어른들의 문제로 인해 너에게 불필요한 상처를 준 것 같아 미안한 하루였어. 무례한 친구에게 더 무례하게 대응하는 너를 보며, 한편으로는 안심이 되었어. 오직 너 자신만을 위한 삶을 살아가라는 것이 과연 이기적인 바람일까? 결국 엄마는 이기적인 바람이 아니라, 현명한 바람이라는 걸 알게 되었어.

엄마는 타인의 눈치를 자주 보는 편이야. 엄마가 원하는 것을 말할 때도,

어디를 가고 싶어도 항상 다른 사람부터 먼저 생각했어. 항상 다른 사람의 기분을 고려하며 엄마를 맞춰가는 삶을 살아왔지. 어느 순간부터, 타인의 시선 때문에 엄마가 하고 싶은 일마저 못하는 자신을 발견했어. 어릴 때는 무엇이든 앞장서서 하던 엄마였지만, 지금은 앞에 나서는 것 조차 꺼리게 되었어.

하지만 이런 삶이 좋은 것만은 아니라는 것을 엄마는 최근에야 깨달았어. 더 일찍 이 사실을 알았더라면 좋았을 텐데. 아직도 타인의 시선은 두려워. 그래도 지금은 조금 더 당당히 나설 수 있고, 자신의 의견을 표현하는 데 있어 어려움이 덜해졌어.

이런 엄마의 경험을 통해 네게 얘기해 주고 싶어. 타인의 시선에 자신을 너무 맞추며 살아가지는 말라고. 너의 목소리를 찾고, 네가 진정으로 추구하는 걸 당당히 말하고 실천해 나가라고. 사람들의 시선을 너무 신경 쓰지 않아도 된다고 말이야.

사실 아무도 너만큼 너에게 신경 쓰지 않아. 사람들은 잠깐 너에게 관심을 가지다가 곧 자신의 일상으로 돌아가. 그러니 중요한 건 바로 너의 행복이야. 우리는 종종 타인의 기대와 사회의 기준에 맞춰 살아가려 하는 경향이 있어. 그러나 진정한 행복과 만족은 외부로부터 오는 것이 아닌, 내면에서 차오르는 거야. 물론 지금도 잘하고 있어.

지구가 태양을 중심으로 궤도를 그리며 도는 것처럼, 너도 타인의 기대에 휘둘리지 않고 네가 이 세상의 중심이 되어 너만의 길을 걸어가길 바랄게. 태양이 지구에 빛과 에너지를 제공하듯, 너도 너 자신에게 가장 큰 힘과 영감을 줄 수 있는 존재가 되어 주면 좋겠어.

동화 『미운 오리 새끼』를 기억해? 처음에는 모든 오리가 그를 미워했지만, 결국 그 미운 오리 새끼는 오리가 아닌 아름다운 백조였잖아. 남들의 시선이 중요하지 않다는 걸 보여 주는 좋은 예시야. 중요한 건 네가 진정으로 누군지를 알고, 그걸 받아들이는 거야. 이 동화는 남의 눈을 의식하지 말고 나만의 삶과 행복을 추구하라는 중요한 메시지를 담고 있어.

어릴 때, 읽었던 동화가 이런 깊은 의미를 담고 있는 줄 몰랐어. 동화 작가들의 마음은 순수해야만 그 깊은 의미를 담아낼 수 있다고 해. 아마도 그들은 너처럼 맑고 순수한 마음을 가지고 있을 거야. 그래서 이처럼 순수한 이야기가 이렇게 깊은 교훈을 주는 책으로 나온 거겠지.

엄마는 너무 예민한 내면을 가지고 있어서 항상 조심스럽게 행동하는 단점이 있어. 이젠 엄마도 조금은 자신의 두려움을 내려놓고, 누구의 눈치도 보지 않는 생활을 해 보려고 해.

그래서 내일은 무인 노래방에 혼자 가 보려고 해. 노래 부르는 걸 좋아하지만, 혼자 가는 건 부끄러워서 한 번도 가 본 적이 없어. 사실, 남들의 시선이 두려웠다고 하는 게 더 맞는 표현일지도 몰라.

하지만 이젠 그 두려움을 이겨 내고, 엄마만의 행복을 찾아보려고 해. 눈치 보지 않고, 자신의 진정으로 원하는 것을 시도해 보는 거야. 이 첫 도전이 엄마에게 얼마만큼 큰 변화를 줄지는 모르지만, 확실한 건 '변화를 위한 첫걸음을 뗐다.'라는 거야.

엄마의 첫 도전을 응원해 줘. '나를 위한 시간, 나를 위한 도전, 나를 위한 응원, 나를 위한 행복'을 위해 앞으로 걸어가려고 해. 이 작은 발걸음이 엄마에게 큰 변화를 가져다줄 거라고 믿어.

다른 사람들이 너를 어떻게 생각하든지 상관없이 너의 행복은 너의 선택과 결정에 달려 있어. 너의 마음속에 있는 꿈과 열정을 따라 여행을 떠나보렴. 그것이 무엇이든, 네가 진정으로 원하는 것을 발견하고 그 길을 걸어갈 때, 너는 세상의 중심에서 빛을 발하게 될 거야.

너 자신의 행복을 최우선으로 생각해. 그것이 진정한 성장과 행복의 비결이야. 엄마와 함께 달릴 준비가 되었니? 타인의 시선을 신경 쓰지 말고 오로지 자신의 미래를 향해 달릴 준비 말이야. 그럼, 이제 시작해 볼까? 우리의 꿈을 향해, 우리의 행복을 향해, 함께 달려 보자!

성교육을 맡은 엄마

✦

순수함이 주는 아름다운 추억

엄마는 매년 다이어트 계획을 세웠지만, 이번에도 역시 늦은 가을에 실천하는구나. 시원한 가을은 운동하기 좋은 계절이야. 그래서 너와 함께 공원을 산책하는 일상이 가을에만 즐길 수 있는 유일한 코스가 되었지. 평소 산책을 좋아하는 네가 오늘은 힘들다며 도서관에서 있을 테니 다녀오라 하는구나. 나온 김에 적어도 몇 바퀴는 돌아야 할 거 같아서 홀로 공원으로 향했어. 하지만 30분도 안 돼 엄마의 체력은 바닥을 보였어. 결국 너와 함께 독서를 즐기려고 도서관으로 향했지.

엄마를 마주한 너의 눈이 오늘따라 더 커 보이는 건 엄마의 착각일까? 평소보다 더욱 또렷하고 반짝이는 너의 눈빛을 보니 또 무언가 흥미로운 걸 발견한 것 같구나. 그 순간 조용한 도서관의 정적을 깨며 나름 가다듬은 목소리로 네가 물었지.

"엄마 근데 발기가 뭐야?"

엄마로서 네가 최선을 다해 목소리를 낮췄다는 걸 충분히 알고 있어. 근데 워낙 큰 너의 목소리를 아무리 낮춰도 너무 커. 다 들린다고! 순간 엄마의 얼굴이 뜨거워짐을 느꼈어.

　공공장소에서, 그것도 볼펜 떨어지는 소리마저 크게 들리는 도서관에서 이런 질문을 받다니! 엄마는 가수가 무대에서 실수했을 때 느끼는 당혹감을 이해할 것 같았어. 대체 무슨 책을 보고 있었던 거니? 제목을 눈여겨볼 새도 없이 너의 손을 잡고 도서관을 도망치듯 빠져나왔어. 덕분에 자주 가던 그 도서관은 당분간 발길을 끊어야 할 거 같구나.

　집까지 무슨 정신으로 걸어왔는지 모를 정도로 혼미함을 느꼈어. 이렇게 엄마를 당황하게 만드는 일이 자주 있긴 했지만, 여전히 그 상황에 적응하기는 쉽지 않구나. 상황을 어떻게 해결해야 하나 고민하던 중, 좋은 생각이 떠올랐어. 너에게 노트북을 주며 직접 검색해 보라고 했어. 물론 네가 검색한 내용을 바탕으로 필요한 부분에 대한 추가 설명도 잊지 않고 해 줬어. 이렇게 해서 네가 성에 관하여 묻는 건 부끄럽거나 잘못된 행동이 아님을, 오히려 올바른 지식을 습득하는 과정임을 보여 주고 싶었어.

　엄마 친구들 자녀 중에서 네가 제일 나이가 많아. 그런 이유로 친구들은 엄마에게 육아에 대한 자문을 많이 구하곤 해. 그중 가장 골칫덩어리인 성교육을 자주 물어보곤 하지. 그 물음에 엄마는 항상 솔직하게 얘기하라고 말해 줘.

엄마는 성교육에서 가장 중요한 것은 솔직함이라고 생각해. 요즘 애들은 성장이 나날이 빨라짐과 동시에 성에 관한 궁금증도 빠르게 커가고 있어. 옛날 어르신들은 크면 다 알게 된다고 아이들 물음을 피했지만, 엄마는 그렇게 생각하지 않아. 손자병법에서 "적을 알고 나를 알면 백전백승."이라는 말이 있어. 물론 이 말을 성에 관한 얘기에 그대로 적용하는 건 어렵지만, 성에 대해 정확히 알면 여러 문제를 미리 예방할 수 있다는 점에서 연관성을 찾을 수 있지.

그러니 항상 있는 그대로 솔직하게 설명하는 것이 중요해. 민감하고 복잡한 주제인 만큼, 엄마는 더 열린 마음으로 이 문제에 접근하려 했던 것 같아. 너무 솔직한 설명 앞에서 얼굴을 붉히며, 엄마는 왜 이렇게 자세히 알려 주냐고 물었지? 아이들이 어리다고 대충 설명하면, 그 호기심이 잘못된 선택을 불러올 수 있다고 생각해. 오히려 충분한 지식을 갖추면, 자기 몸을 더욱 잘 보호할 수 있게 되니까.

일부 부모님들은 아이들에게 〈고딩엄빠〉 프로그램을 보여 주지 않는다고 해. 하지만 엄마는 너한테 그 프로그램을 같이 보자고 제안했어. 오히려 엄마보고 그걸 왜 애한테 보여 주냐고 되묻는 친구들도 있었어. 이유는 간단해. 그중 성공적인 커플도 있겠지만, 잘못된 행동으로 불행한 가정이 더 많다는 것을 알려 주기 위함이야.

엄마는 네가 나이에 맞는 행동과 그렇지 못한 행동에 대한 책임을 질 줄 아는 사람이 되기를 바라며 함께 본 거야. 사춘기 아이들이 성에 대해 잘못된 방식으로 이해하고 쉽게 실수하는 경우가 많아. 엄마가 매번 이런 얘기 했지?

"순수한 첫사랑을 즐겨 봐. 어른이 되면 복잡하고 눈물 쏙 빼는 아픈 연애도 하게 되니, 지금은 너의 그 순수함을 만끽해."

엄마는 네가 나이에 맞는 순수함을 잃지 않길 바랄 뿐이야. 나이가 들어 순수함이 얼마나 아름다운지 알게 될 때쯤이면, 그 순수함은 이미 네 옆에 없을 거야. 이 시기에 할 수 있는 순수하고 아름다운 연애도 해 보라고 조언하고 싶어. 나이가 들면 순수함이 사라지고 현실적인 연애를 하게 돼. 아름답고 순수한 첫사랑의 추억은 네 나이 때에서만 만들 수 있는 특권이야.

지금 많은 추억을 쌓으면 어른이 된 너는 추억으로 가득 찬 풍요로운 삶을 즐길 수 있어. 그러니 지금은 뛰어놀기도 하고, 친구랑 싸우기도 하고, 화해하기도 하고, 풀리지 않는 문제도 머리를 쥐어뜯으며 끝까지 해결하고 하면서 지내.

진정한 보석은 바로 너의 현재 이 순간임을 잊지 마. 이 시간 속에 숨겨진 순수함의 보석을 잘 다뤄 봐. 엄마는 성인이 되면 사라지는 너의 순수한 보석을 오래도록 잘 간직하길 바랄게.

인생은 성공이 아니라
성장이다

엄마가 다이어트를 위해 폴댄스를 배우러 다니던 시절, 너도 엄마를 따라 폴댄스를 시작했지. 기억나? '어린이 폴댄스 친구'라는 제목으로 블로그에도 소개되었잖아. 그때부터 꾸준히 폴댄스를 했다면, 아마 너는 최초의 어린 폴댄스 강사가 되었을 수도 있어. 어릴 때 조그마한 손으로 폴 끝까지 올라가는 널 보며, 근성이 정말 대단하다고 생각한 적이 있었지.

시간이 흘러 다시 폴댄스를 시작하겠다고 말하는 너를 보며, 공부할 시간도 모자란 지금 이 시기에 자신의 취미를 갖는 게 맞는지 의문이 들었어. 물론 공부만으로 모든 것이 해결되는 건 아니지만, 공부와 성적이 인생에서 매우 중요한 부분을 차지하는 건 사실이니까. 그러다 문득 어릴 때 네가 폴에 집착하며 수업 시간이 아닌데도 혼자 연습하던 모습을 떠올렸어. 그 모습을 떠올리며, 엄마는 너의 결정에 따르기로 했어.

폴댄스를 다시 시작하면서 엄마는 네가 신체적인 건강뿐만 아니라 정신적인 성장도 이루고 있는 걸 보게 되었어. 게으른 네가 단시간에 준비를 끝내고 수업 시간 전에 가는 모습을 보며 너의 진심이 와닿았어. 그걸 통해 자신의 한계를 시험하고, 끊임없이 도전을 추구하는 너를 보며 놀라움을 감출 수 없었어. 폴댄스는 단순한 운동을 넘어서, 자신감을 키우고, 새로운 도전에 맞서는 용기를 가르쳐주는 운동임을 알게 되었어. 학업과 다른 활동 사이에서 항상 공부를 우선시했던 엄마는 너의 변화에 깊이 감동했어.

결국, 인생은 성공보다는 성장이 맞았어. 어릴 때 포기한 폴댄스를 지금 네가 이렇게 멋지게 해내는 걸 보니 말이야. 이 도전을 통해 넌 한층 더 강해지고, 더 자신감 있는 사람이 될 것 같구나. 결국 엄마가 옳은 선택을 해서 기분이 무척 좋았어.

사전적으로 '성공'이란 목표를 이루거나 바라는 바를 얻는 것을 의미해. 하지만 현대사회에서 성공의 의미는 점점 더 돈과 밀접하게 연결되어 가고 있어. "내가 잘 살려고 그래? 널 위해서 하는 얘기잖아!"라는 부모님의 말씀 또한 성공을 통한 경제적 이익을 염두에 둔 것이지. 분명히 이 세상에서 돈 없이 할 수 있는 것은 거의 없다고 봐도 돼. 그러나 돈으로는 결코 살 수 없는 것도 있어. 그건 바로 '성장'이야.

성장은 단순히 물질적 가치를 넘어서, 경험과 지식의 증가, 정서적 발달,

인간관계의 깊은 가치 등을 포함하고 있어. 이러한 성장은 돈으로 측정하거나 살 수 없어. 오히려, 이는 시간, 노력, 그리고 때로는 실패의 과정을 통해 얻어질 때가 더 많지.

군인들은 전투 중에 함정을 파곤 해. 고대부터 현대에 이르기까지 전쟁의 전략 중 하나인 함정 파기는 적을 속이고, 상대방의 진격을 방해하며, 적의 병력과 장비에 손상을 입히기 위함이지.

인생에도 함정이 있어. 인생은 꽃밭 속에 숨겨진 함정과도 닮았어. 때때로 그 아름다움에 이끌려 걷다가, 꽃으로 덮인 함정에 빠질 때가 있어. 그걸 우리는 성공을 가장한 실패라고 불러. 이러한 상황은 성급한 판단으로 인해 발생하기도 하며, 판단력과 안목이 흐려졌을 때 종종 생기기도 해.

그러니 사람은 성공하기 전에 일단 성장 단계를 거쳐야 해. 이는 우리가 만 18세까지 보호자의 보호를 받아야 하는 이유와도 같아. 판단력이 아직 완전히 발달하지 않은 미성년자들을 위해, 성장의 과정을 거쳐 온 어른들이 그들에게 올바른 길을 안내하는 그런 이유 말이야. 하지만 모든 어른이 전부 해당하는 건 아니야. 성장의 과정을 걸어 보지 못한 어른도 있고, 걷다가 실패한 사람도 있으니까.

인생에서 진정한 성장은 자신의 내면을 이해하고, 세상을 바라보는 깊이 있는 시각을 개발하는 데에서 시작해. 이러한 성장은 우리를 더 나은 판단력을 가진 사람으로 만들고, 인생의 꽃밭 속 함정을 피해 갈 수 있는 지혜를 제공해 주지.

그러기 위해서는 포도나무처럼 다른 기둥에 기대어 사는 것보다는, 나무가 땅에 뿌리를 내리듯 사람도 혼자 설 수 있어야 해. 누군가에 기대어 사는 인생은 기댈 곳이 없으면 결국 쓰러져 버리고 말지. 위에서 얘기한 포도나무처럼 말이야. 하지만 스스로 뿌리를 내린 나무는 가지가 부러져도 뿌리는 굳건히 살아 있어서, 가지가 잘려 나갈지언정 죽지는 않지.

어릴 적, 엄마도 인생이 아름답고 실패 없는 삶이라 생각했어. 때때로 우리는 어려움에 직면하게 되고, 그 순간은 마치 꽃밭으로 덮인 함정에 빠진 것만 같을 거야. 하지만 그것은 잠시일 뿐. 곧 누군가가 너에게 손을 내밀 것이고, 그 손을 잡고 다시 일어나 앞으로 나아가면 돼. 그러니 너무 성급하게 앞으로 나아가려 하지 말고, 조금은 주변을 살펴보는 여유를 갖고 상황을 이해하는 능력을 키우길 바라.

인간은 다른 사람의 생각을 존중하고 이해하지만, 그것을 무조건 자신에게 주입하지는 않아. 우리의 생각은 자신의 전두엽을 거쳐 형성되는 것이며, 때로는 그 발상으로 인해 실수를 저지르기도 해. 하지만 그 실수조차도 우리를 성장하게 만드는 중요한 요소란다. 우리는 실패를 통해 배우고, 그 과정에서 자신을 믿는 것이 얼마나 중요한지 깨닫게 돼. 실패는 성장의 필수 요소이며, 스스로에 대한 믿음은 그 여정을 지탱해주는 힘이란다.

성장의 문은 모두에게 공평하게 열려 있어. 하지만 성장하지 못하는 사람들은 대부분 책임을 전가하는 경향이 있어. 자신에게만 불공평하다고 생각하지.

성장의 시험은 어떤 사람에게는 가난이라는 통로 안에, 또 다른 사람에게는 장애라는 팻말 앞에, 참 다양하게 놓여 있어. 네 성장의 시험은 아마도 게으름 앞에 놓여 있지 않을까 싶어. 게으름은 또 다른 게으름을 불러오지. 인생을 결정하는 건 환경이나 타고난 성격이 아니라, 네 자신의 노력이야. 네가 어떤 마음을 먹느냐에 따라 부지런함과 절친이 될 수도 있단다.

스스로 노력해 힘겹게 얻은 것은 가치가 있고 더불어 오래도록 지켜나갈 힘도 생겨. 행운만 쫓는 자는 노력하는 자를 이길 수 없어. 행운의 지속력은 짧고, 노력의 지속력은 길다는 걸 잊지 마. 노력해서 행복을 얻을 것인지, 놀고 불행을 얻을 것인지는 스스로 선택하렴. 인생은 성공에 의미를 두기보다는 성장에 목표를 두면 훨씬 뚜렷해져.

만약 가다가 넘어져도 다시 툭툭 털고 일어나 앞으로 나아가면 되니, 너무 신경 쓰지 않아도 돼. 엄마는 꽃밭의 함정에서 구해 준 사람들이 많았어. 그 말인즉, 엄마도 많이 빠져 봤다는 얘기겠지?

최근 철학책을 읽으며 고대 철학자들의 지혜가 현대를 살아가는 우리에게도 여전히 유효하다는 생각이 들었어. 인생은 성공보다는 성장이 중요하다는 그들의 가르침이 특히 마음에 와닿았어. 이와 같은 맥락에서 폴댄스를 배우고 싶은 너의 열망도 성장의 한 부분으로 바라볼 수 있겠지?

신은 인간에게 세 번의 기회를 준다고 해. 하지만 그 기회가 언제 어디서 어떻게 오는지는 누구도 알 수 없어. 물론 기회가 와도 그걸 눈치채고 잡는 사람과 그걸 지나쳐 가는 사람이 있기 마련이야. 엄마는 네가 성장 과정을 거쳐 기회를 한눈에 알아보는 눈썰미를 가졌으면 좋겠어.

좋아하는 일 & 잘하는 일

오늘도 너는 마치 전쟁에서 승리한 전사처럼 당당하게 선전포고를 날리며 집으로 들어오는구나. "엄마, 댄스학원 끊어 줘!" 갑작스러운 요구에 엄마는 당황했지만, 네 열정과 꿈을 지켜주고 싶은 마음이 컸어. 결국 네가 가장 싫어했던 컴퓨터 수업과 댄스학원을 병행하는 조건으로 등록을 허락했지. 아빠의 불호령이 떨어질 거 같은 이 찜찜함은 엄마가 감당해야 할 몫인 건 맞지?

너는 기쁜 나머지 사춘기에 들어서 하지도 않던 애교를 부리며 엄마 품에 안겼지. 그 순간, 엄마 마음을 흐리던 찜찜함은 온데간데없이 사라졌어. 오늘도 주유소 입구에서 팔다리가 흐느적거리는 풍선 인형을 연상케 하는 춤을 추는 널 보며 몰래 웃음 지었어. 엄마는 사람이 재능은 없어도 자신만 있으면 어떻게든 된다는 말을 한번 믿어 보려고 해.

하지만 이연타, 원하는 것을 고집하는 너를 보며 또한 걱정되기도 해. 물론 폴댄스에서 좋은 성과를 내고 있지만, 공부에 전혀 관심을 두지 않게 될까 봐 걱정이 앞서. 너의 꿈을 이루는 것도 중요하지만, 엄마는 네가 균형 잡힌 삶을 살아가기를 바라는 마음이 더 커. 이 모든 걱정과 기대가 섞인 혼란 속에서도, 엄마는 네가 행복하고 건강하게 자라기만 바랄 뿐이야.

얼마 전 처음으로 사업 미팅을 경험했어. 그 자리에서 목표가 무엇이냐는 질문을 받았고, 주변 사람들은 대부분 '돈'이라고 답했어. 물론 엄마도 그렇게 답했지만, 그 순간 엄마는 설레는 마음이 들지 않았어. 월 천만 원을 벌게 해 준다는 말에도 기쁘지 않았어. 그렇다면 엄마는 무엇을 원했던 것일까? 아마 엄마가 진정으로 원했던 건 좋아하는 일을 하는 거였나 봐.

오늘은 자신의 잘하는 일을 할 것인지, 좋아하는 일을 할 것인가에 대한 의문에 답을 찾는 하루가 될 거 같아. 이 고민은 누구든 인생의 어느 시점에서 꼭 한번은 겪게 되는 문제야. 물론, 두 가지가 일치하는 경우가 가장 이상적이겠지만, 그런 행운은 많지 않다는 것을 우리가 더 잘 알고 있잖아. 인생은 수학 문제처럼 하나의 풀이 과정만 있는 것이 아니라, 다양한 풀이 방법이 존재한다는 점을 잊지 말아야 해. 그러니 걱정하지 말고 다양한 방법으로 자신과 맞는 길을 선택하면 돼.

좋아하는 일을 선택하면 열정과 행복을 얻을 수 있지만, 그 길이 항상 순탄치만은 않을 거야. 반면, 잘하는 일을 선택하면 안정적이고 성공적인 경력을 쌓을 수 있지만, 그 과정에서 만족감을 느끼지 못할 때도 있어. 결국 중요한 것은 자신이 무엇을 더 중요하게 여기는지, 그리고 어떤 선택이 자신에게 더 큰 의미를 주는지를 잘 판단해야 해.

엄마는 네가 어떤 선택을 하든지, 그것이 너에게 진정한 행복과 만족을 주기를 바란단다. 네가 좋아하는 일을 통해 꿈을 이루고 싶다면, 그 길을 응원할 거야. 하지만 그 과정에서도 균형 잡힌 삶을 유지하는 것이 중요하다는 것도 기억해 줬으면 좋겠어. 인생은 긴 여정이니, 한 걸음 한 걸음 신중하게 내딛기를 바랄게.

그러기 위해서는 지금은 마음껏 즐기라고 말해 주고 싶어. 예상치 못한 좌절과 고난이 올 수도 있겠지만, 그럴수록 더욱 즐기라는 말을 해 주고 싶어. 즐기다 보면 세상을 또 다른 관점으로 바라보게 되는 시기가 오게 돼. 그 과정에서 타인의 좋은 점을 배우고, 너의 단점을 고쳐가며 성장하는 방법을 터득하면 돼. 20대는 유일하게 즐기고 넘어져도 다시 일어설 수 있는 시기야. 30대부터는 모든 두려움이 커져 시도조차 어려울 수 있으니, 모든 실패는 20대에 경험해 보면 좋겠어. 비바람을 무릅쓰고 달리는 자가 되기를, 그것이 불타는 너의 20대에 이루어지길 바랄게.

넘어지고 일어서는 20대를 보내며 세상을 배우고, 세상 속에서 너를 찾아가는 미로 같은 삶은 체험해 봐. 때로는 불안하고 막막할 때도 있을 거야. 하지만 그런 도전을 피하면 안 돼. 오로지 잘하는 것만 하며 20대를 마친다면, 30대는 좋아하는 걸 쫓아갈 힘마저 부족해질 거야. 사회적 학습은 다른 사람이 하는 걸 보고 배우는 것이지만, 너는 능동적인 학습을 하길 바랄게. 모든 걸 너만의 색깔로 표현해 나가며, 잘하는 것뿐만 아니라 못하는 것에도 도전하는 네가 되었으면 좋겠어.

네가 잘하는 일에 집중하는 것도 중요하지만, 못하는 일에도 도전해 보는 용기를 가지렴. 그 도전 과정에서 네가 얼마나 성장할 수 있는지 경험하게 될 거야. 잘하는 건 너의 능력이지만, 못하는 것을 잘하게 만드는 것은 신이 주신 기회이기도 해. 이 두 가지를 통해 열정과 능력 사이의 균형을 맞추며, 너의 길을 찾아가길 바랄게.

누구나 자신만의 빛나는 재능이 있어. 그 재능을 발견하고 키워 나가는 것이 우리 각자의 삶에서 중요한 역할을 하지. 그러니 잘하는 일이든, 좋아하는 일이든 자신의 자리에서 최선을 다하는 게 중요해. 할머니는 옷 만드는 것, 엄마에게는 글 쓰는 것, 그리고 너에겐 사람들을 웃게 하는 개그 본능이 있는 것처럼 말이야.

요리사들은 주방 안에 있는 모습이 아름답고, 선생님은 교실에 있을 때 존경스럽고, 연기자는 연기할 때가 가장 멋있는 법이지. 이런 사람들은 오로지 자신의 자리에서 최선을 다한 멋진 사람들이야. 엄마는 너 또한 너의 자리에서 가장 멋지고 존경스러운 일인이 되면 좋겠어. 그래서 미래에 이 자리에는 네가 아니면 그 누구도 메꿀 수 없는 경지에 이르면 좋겠어. 너무 큰 바람인가?

　이 시간에 음식 섭취가 안 좋은 건 알고 있지만, 식탁 앞에 귤을 챙겨 방으로 향하는 널 막지 않았어. 오늘 양치는 물 건너간 것 같구나. 그래도 그 덕분에 네 얼굴을 볼 수 있었으니 그걸로 만족할게. 하루 양치 안 한다고 충치가 마구마구 생기지 않을 거잖아?

　기분 좋아진 엄마도 귤 하나를 입에 넣었어. 엄마도 오늘 양치는 물 건너간 것 같구나. 뭐, 충치 생기면 어때? 함께 손잡고 치과에 가면 되지. 요즘은 긍정적으로 생각하는 엄마가 스스로 대견해지기 시작했어. 이건 전부 네 덕분이야.

유혹에 손을 뻗은 순간

귀가 얇은 엄마는 또 하나의 유혹에 빠지기 시작했어. 얼마 전, 초등학교 3학년부터 경제에 관한 책을 읽는 열풍이 불기 시작했어. 그 열풍에 엄마도 동참하여 너에게 권유해 보았지만, 소설책을 좋아하는 넌 경제 도서에는 전혀 관심이 없었어.

그러던 네가 요즘 친구들과 돈에 관한 이야기를 자주 하곤 했지. 아이들은 각자의 용돈을 어떻게 쓰는지, 무엇을 사고 싶은지에 대해 이야기하며, 돈이 주는 새로운 기쁨과 흥분에 푹 빠져 있었지. 너도 이런 변화에 예외는 아니었어. 친구들과 함께 돈을 쓰며 새로운 장난감이나 간식을 사 먹는 것이 얼마나 즐거운지를 알게 되었지.

엄마는 네가 아직 어려서 경제관념에 관한 얘기는 하지 않았지만, 그날 갖고 나간 돈을 다 써 버리고 돌아오는 너를 보며 생각을 바꿨어. 결국 엄마는 너에게 용돈 기입장을 만들고 하루 용돈에 대한 제한을 두기로 했어.

하지만 요즘 얘기로 '엔팁(ENTP)' 성향이 강한 아이라 제약을 견디기 어려워했어. 엄마의 규칙과 제약이 답답했던 너는 결국 한순간의 유혹을 이기지 못하고 엄마의 지갑에 손을 대는 잘못된 선택을 하고 말았어.

그날, 엄마의 화는 물론, 경제 교육에 소홀했던 엄마의 안일함에 대한 후회를 가장 많이 한 날이었어. 이 사건을 계기로 엄마는 돈에 대한 올바른 가치관과 유혹 앞에서 선택의 중요성을 너에게 가르치기로 했어.

동화 『피노키오』 기억해? 거짓말하면 코가 길어지는 나무 인형 이야기. 어쩌면 유혹에 넘어가는 전제조건은 순진함인 듯해. 피노키오도 너무도 순진한 나무 인형이었지. 그의 가장 큰 소망은 진짜 사람이 되는 거였잖아? 그 과정에서 여러 가지 유혹에 봉착하게 되지.

예를 들어, 학교에 가기보다는 인형극단에 합류하고 싶다는 유혹에 넘어가 잘못된 선택을 했고, 나중에는 '장난꾸러기 섬'으로 가는 유혹에 빠져 더욱 심각한 상황에 부닥치게 되기도 해. 결국 피노키오는 제페토 할아버지의 사랑과 가이드의 도움으로 올바른 길을 찾아 진정한 인간이 되는 꿈을 이뤘어.

피노키오의 이야기는 우리에게 유혹 앞에서 올바른 선택의 중요성을 깨우쳐 주며, 실수로 인한 교훈을 통해 우리가 성장할 수 있음을 보여 줬어. 이 이야기는 돈에 대한 올바른 가치관을 심어 주려는 엄마의 노력과도 일맥상통하는 부분이 있어.

대부분 유혹은 이런 식으로 다가와. 그리고 한번 유혹에 빠지기 시작하면 그 유혹에서 빠져나오기 어려워. 유혹을 이겨 내는 방법에 관한 질문을 한다면, 엄마는 처음부터 그 유혹과 거리를 두는 것이 가장 좋은 방법이라고 말하고 싶어.

"이 정도는 괜찮겠지?"라고 생각하는 순간, 이미 빠져나올 수 없는 늪에 발을 들여놓은 것이나 다름없어. "오늘 하루만 숙제를 안 해도 되겠지?", "다이어트 중인데, 오늘 하루만 떡볶이를 먹어도 되겠지?"와 같은 작은 유혹들도 결국 나중에는 더 큰 유혹에 빠지게 되는 밑거름이 된단다.

특히 통제력이 부족한 사람들은 이러한 유혹에 더욱 쉽게 빠지게 돼. 통제력은 자신의 행동을 조절하고, 충동적인 결정을 피하며, 현재의 욕구를 억제하는 능력이지. 그러나 이 통제력이 부족하면, 사람들은 순간적인 유혹에 저항하지 못하고 쉽게 빠져들게 돼.

부족한 통제력은 보통 아이들이나 성숙하지 않은 사람들에게서 자주 발견된다고 해. 그들은 경험이 부족하고, 장기적인 결과를 예측하는 능력이 부족하기에 유혹에 쉽게 흔들리게 돼. 따라서 유혹에 빠지지 않기 위해서는 통제력을 기르고, 장기적인 목표와 가치를 항상 염두에 두면서 키워 나가야 해.

이러한 통제력은 훈련을 통해 길러질 수 있어. 통제력은 마치 숲속의 작은 나무처럼 처음에는 연약하고 작아. 하지만 시간이 지나면서 사랑과 관심, 그리고 꾸준한 노력을 통해 강하고 우뚝 선 나무로 자라나지. 우리 안에서도 통제력은 그렇게 서서히 자라나. 통제력은 하루아침에 완성되는 것이 아니야. 그 어떤 것도 우리가 태어날 때부터 갖고 있는 것은 없어.

예를 들어, 친구가 너의 장난감을 가지고 놀고 싶어 할 때, 잠시 기다려야 한다고 말하는 것도 통제력의 한 예가 될 수 있어. 또는 맛있는 쿠키를 먹고 싶을 때, 하나만 먹고 나머지는 나중에 먹기로 하는 것도 마찬가지야. 이렇게 매 순간의 작은 결정들이 모여서, 우리 안의 통제력을 키워 나가는 것이기도 해.

하지만, 이 통제력을 키우기 위해서는, 스스로가 무엇이 중요한지를 알고, 그 중요한 것들을 위해 잠깐의 유혹을 물리칠 힘을 길러야 한단다. 네가 정말로 원하는 건 무엇인지 생각해 봐. 친구와의 좋은 관계일 수도 있고, 건강일 수도 있고, 학교 공부에서의 성취일 수도 있어. 이런 것들을 위해, 잠시 유혹을 이겨 내는 것, 그것이 바로 통제력을 키워야 하는 가장 큰 이유야.

그러니 엄마와 함께 매일 조금씩이라도 통제력을 키워 유혹을 뿌리쳐 봐. 유혹이란 잔인한 감정 앞에서 주저앉지 말고, 더 나은 사람이 되기 위해 자신을 사랑하는 노력을 해 보자.

때로는 실패할 수도 있고, 유혹에 넘어갈 수도 있어. 그럴 때마다 용기를 내어 다시 시도해 보는 거야. 각자의 의지를 강화하고, 유혹과의 거리를 유지함으로써, 너는 자신의 목표와 꿈에 한층 더 가까워질 수 있어. 유혹을 극복의 대상으로 여겨, 꾸준히 나아간다면 결국 원하는 바를 이룰 수 있어.

삶의 질을 높이는 소비

어느덧 여름이 성큼 다가왔어. 이제 여행의 계절이 시작되는구나. 여행을 준비하는 과정 중 엄마는 항상 여행비용, 특히 호텔 비용이 아까웠어. 잠만 자고 나올 건데 굳이 비싼 호텔을 써야 하나라는 생각이 많았거든. 그래서 항상 저렴한 곳을 찾기 바빴어. 이번 여행은 너의 간곡한 부탁으로 엄마가 조금 무리해서 5성급 호텔을 잡아 보기로 했어.

여행 갈 때마다 호텔 예약이 늘 숙제처럼 느껴져서 엄마를 힘들게 해. 이번 여행도 예외는 아니었지. 비록 너의 간곡한 부탁으로 5성급 호텔을 예약하기로 했지만, 그래도 조금 더 저렴한 곳을 찾기 위해 엄마는 부단한 노력을 했어. 일주일 내내 인터넷 서핑을 한 끝에 드디어 싸고 예쁜 호텔을 찾았어. 방 배정이 무작위라는 규정만 빼면 아주 안성맞춤이었지. 〈펜트하우스〉 드라마를 보고 난 뒤로 최고층에서 잠을 자 보고 싶다는 네 말이 신경 쓰였지만, 그것도 운에 맡기기로 했어. 어차피 외국이라 화가 나도 혼자 돌아가지 못할 너를 염두에 둔 판단이기도 했지.

엄마는 항상 저렴한 물건을 자주 바꾸며 살아왔어. 싼 가방이나 신발을 사서 몇 달 쓰다가 금방 바꾸곤 했지. 그래서 명품이 꼭 필요할까? 라는 생각도 여러 번 해 본 적이 있어. 물론 명품이 있으면 좋겠지. 하지만 쉽게 싫증을 느끼는 엄마에게는 새로운 것이 명품과 맞먹는 기쁨을 줬거든. 이런 생각으로 여태 살아오다가 이번 여행을 통해 새로운 깨달음을 얻었어.

사주에 엄마는 외국에 나가면 운이 트인다고 하더니, 진짜 운은 엄마를 그냥 지나치지 않았어. 예약한 호텔에서 무작위로 배정된 방이 하필이면 최고층 펜트하우스였거든.

이번 여행에서 엄마는 평소에는 절대 가지 않을 고급 레스토랑도 예약했어. 그곳에서의 식사는 정말 특별했어. 우선, 정성스럽게 준비된 요리들이 하나하나 예술 작품 같았고, 신선한 재료를 사용해 섬세하게 조리된 음식은 그 맛과 향이 일품이었지. 또한, 레스토랑의 서비스도 훌륭했어. 웨이터들은 친절하고 세심하게 신경 써 줘서 마치 VIP 대우를 받는 기분이 들었어. 고풍스러운 인테리어와 은은한 조명, 그리고 창밖으로 보이는 멋진 경치는 식사의 즐거움을 배가시켜 주었어.

또한, 유명한 뮤지컬 공연을 보러 갔을 때도 마찬가지였어. 평소에는 비싼 돈을 주고 공연을 보러 가는 일이 드물었지만, 이번에는 각오를 든든히

하고 갔어. 공연은 기대를 훨씬 넘어서서 놀라웠어. 배우들의 열정적인 연기와 멋진 무대 연출, 특히, 라이브 음악과 화려한 춤은 TV나 인터넷으로 보는 것과는 비교할 수 없을 정도로 현장감이 넘쳤어.

이처럼 새로운 경험을 통해 얻는 감동과 만족감은 돈 이상의 가치를 지니고 있어. 앞으로도 가끔은 이렇게 특별한 경험을 위해 돈을 쓰는 것도 괜찮은 선택이라 생각되는 하루였어.

코드 쿤스트가 〈나 혼자 산다〉에서 제주도로 간 이유가 커피 때문이라고 하여 무지개 회원들이 의문을 자아낸 적 있었어. 엄마도 처음에는 '굳이 저 멀리까지 가서 마셔야 할까?'라고 생각했지만, 이번 여행 이후 이해하게 되었어. 자신을 위한 투자가 더 많은 긍정적인 결과를 낳을 수 있다는 것을 말이야.

커피 하나 사는 돈이 아까워서 가끔은 집에서 타서 사무실로 향했던 엄마는, 그 뒤로 커피는 꼭 커피숍에서 사게 되었어. 그렇게 커피 한 잔 마시고 음악을 들으며 일을 하다 보니 너무 행복하더라고.

유명인들도 가끔은 이런 경험을 통해 큰 깨달음을 얻은 사례도 많았어. 배우 레오나르도 디카프리오는 환경 보호 활동을 위해 많은 돈을 썼어. 이를 통해 세상에 긍정적인 변화를 불러오는 경험을 얻었어. 또한, 오프라 윈

프리는 자신의 토크쇼를 통해 다양한 사람들을 만나 그들의 이야기를 듣는 데 많은 돈과 시간을 투자했어. 이를 통해 그녀는 큰 영감을 얻어 자신만의 철학을 만들어 갔지.

이처럼, 가끔은 돈을 써서 좋은 경험을 얻는 것이, 인생에 큰 변화를 불러올 수 있어. 결국 자신을 위한 적절한 소비가 능률을 올릴 수 있다는 것을 증명해 줘. 너도 너 자신을 위해 능률적이고 적절한 소비를 하길 바랄게.

입에 먼저 들어가는 것이 맛을 결정한다고 생각하지만, 뒤에 들어간 향이 앞의 맛을 덮을 수도 있어. 너의 수영도 그렇듯이, 늦게 배웠지만 습득은 남보다 빨랐잖아.

엄마도 늦게 알게 된 이 사고방식이 좋은 건지 나쁜 건지는 모르겠지만, 써야 할 때는 아끼지 말고 써야 한다는 사실을 알게 되었어. 돈을 버는 것도, 공부를 열심히 하는 것도 결국 더 편하고 좋은 생활을 하기 위한 노력이 아니겠어? 그 노력에 대한 선물을 스스로 주는 것도 나쁘지 않다고 생각해. 충동구매를 제외하고는 짠순이인 엄마가 뜻깊은 교훈을 얻게 된 여행이었어.

지금 엄마가 바라보고 있는 불빛 가득한 창밖의 풍경은 참 아름다워. 함께 이 풍경을 보면 좋겠지만, 여행 와서도 핸드폰을 보는 널 보니, 엄마의 행복한 기분이 조금은 다운이 되는구나. 그래도 어쩌겠어. 내일 가 보고 싶은 곳을 검색한다는 너의 말을 믿을 수밖에. 어디든 너와 함께라면 행복할 테니, 오늘 하루는 봐줄게.

가을

이해와 노력의 결실로
무르익은 열매

영어학원 n년 차
파닉스

　어릴 때 영어를 잘했던 엄마는 선생님들로부터 큰 기대를 받았지만, 사춘기 방황으로 인해 공부를 거의 하지 않았어. 엄마가 영어 공부를 못한 것이 한이 맺혔나 봐. 그래서 고작 5살밖에 안 된 너에게 1:1 과외를 붙이게 되었지. 아직 한글도 모르는 너한테 얼마나 가혹한 짓을 했는지 미처 몰랐어. 그때 엄마는 열정적인 학구열에 사로잡혀 있어서 너의 마음을 헤아려 줄 시간과 여유가 없었어. 너무 늦어 버린 사과지만 받아 주겠니?

　그것도 모자라 무려 7살에 영어학원까지 다니게 했지. 영어유치원에서 탈락한 아픈 기억이 아직도 엄마 마음을 아프게 하는구나. 학원에 다녀도 다른 애들보다 뒤처지는 널 보며 많이 혼내기도 했어. 다른 애들은 잘만 따라가는데 왜 넌 안되냐고, 핀잔도 주었지. 그리고 보니 엄마도 다정한 엄마와는 거리가 먼 편이야. 힘들다는 너의 외침에도 아랑곳하지 않고 1년 동안 억지로 학원에 보냈어.

그러다 엄마가 다시 직장에 복귀하는 찰나였어. 너의 외할머니가 엄마더러 널 그만 좀 괴롭히라며 화를 내시는 거야. 어느 순간부터 넌 손톱 물어뜯는 습관이 생겼지. 병원에 가 볼 생각은 하지 않고, 시간이 지나면 나아지겠지? 하는 막연한 기대만 하고 있었어. 원인 제공자가 엄마라는 사실은 꿈에도 몰랐었어. 학원이 너에게 스트레스가 될 줄은 전혀 생각하지 못했거든.

할머니의 얘기를 듣고 병원에 찾아가 진료를 받았어. 의사 선생님이 아이가 방어적인 태세로 인해 예민도가 다른 아이보다 월등히 높아서 손발톱을 씹는 습관이 생긴 거라고 하셨어. 자연치유는 어렵고, 심리치료를 권했을 때, 비로소 네 마음을 헤아리게 되었지. 엄마의 학원 강행에 네가 얼마나 큰 스트레스를 받았을까?

그로 인해 너는 영어 울렁증이 생기게 되었어. 10살이 되던 해, 더 이상 미룰 수가 없다고 생각한 엄마는 다시 너에게 영어학원을 권했었어. 그런데 네가 "다니고 싶은 생각이 들 때 엄마한테 얘기할게."라고 했을 때 그 말이 네가 얼마나 성장했는지를 실감하게 해 줬어.

2년 뒤, 네가 스스로 영어학원을 다니겠다고 했고, 결국 넌 4년을 파닉스만 공부했단다. 선생님이 네가 영어에 소질이 없다고 말씀하시자, 결국 영어는 노력만으로는 힘들다는 것을 인정하게 되었어. 엄마는 이젠 반을 내려놓고 기본적인 것만 배워와도 만족하기로 했어.

영어만 아니면 넌 뭐든 잘하는 아이였어. 근데 엄마는 왜 너의 영어에만 그렇게 집착했을까? 엄마가 하나만 보고 둘은 볼 줄 몰랐나 봐. 넌 열 가지 중 아홉 가지는 너무 잘하는 애인데, 그중 영어 하나 못한다고 너를 그렇게 힘들게 했을까? 노래 가사는 3번만 들어도 완벽하게 외우고, 아이돌 춤도 한 번 보면 바로 동작을 따라 하는 네 능력을 엄마는 왜 인정하지 못했을까? 엄마는 영어를 못한다는 생각만으로 너의 다른 재능까지 간과했던 거야.

영어를 잘하길 바란 것도 사실은 너를 위함이 아니라, 엄마가 이루지 못한 꿈을 너에게 투영하려 했던 것 같아. 이젠 엄마도 네가 잘하는 것과 못하는 것을 충분히 이해했어. 더 이상 영어로 인해 우리 둘 사이가 멀어지는 일은 없을 거야. 이제부터 잘 지내 보자.

사람은 누구나 타고난 것과 할 수 없는 것이 있어. 엄마는 손으로 만들거나 끄적이는 걸 좋아해. 한 번 보면 쉽게 따라 만들 정도로 잘 만들어. 대신 말솜씨가 없어. 정말 이렇게 말을 조리 있게 못하는 사람이 있을까 싶을 정도로 말주변이 없어.

근데 너는 엄마랑 다르게 말을 정말 잘해. 가끔 엄마한테 말대답할 때,

어떻게 엄마를 할 말 없게 만드는지 무지 궁금해.(비록 화가 많이 난 상태지만) 일어나는 순간부터 넌 쉴 새 없이 있었던 일을 미주알고주알 얘기하곤 하지. 비록 요즘은 사춘기라 많이 줄었지만.

그래서 네가 참새 할머니를 좋아하는지도 모르겠구나. 서로 대화가 잘 통하니까. 앞서 참새 할머니가 병실에서 수술한 엄마를 너무 웃겨 봉합수술을 다시 할 뻔한 얘기는 안 했었구나. 그 정도로 할머니도 재치 있게 말씀을 잘하시는 분이지.

이 얘기를 하는 건, 누구든 잘하는 것과 못 하는 것이 있다는 걸 말해 주고 싶어서야. 신은 참 공평하지? 재능 밖의 일은 할 수 없는 일이라고 하지. 영어를 잘하길 바란 건 엄마가 너에게 재능 밖의 일을 강요한 거야. 그래서 지금 스스로 반성하고 있어. 이 부분을 읽고 나서 엄마에게 잔소리는 하지 말아 줄래? 반성은 이 글을 쓰는 순간에도 수백 번도 더 많이 했으니까.

누구든 할 수 없는 분야가 있어. 너도 할 수 없는 분야에서 어려움을 겪은 것이니, 너무 자책하지 않았으면 좋겠어. 오늘도 방에서 영어 숙제와 n시간째 씨름 중인 너를 응원해.

'이게 다 널 위한 것'이란 말은
거짓이다

요즘 엄마도 유ㅇ브 보는 재미에 빠졌어. 너한테는 못 보게 해 놓고 정작 엄마가 더 빠져 있으니 머쓱하기 그지없구나. 오늘은 엄마가 즐겨 보는 김창옥 교수님의 강의를 듣고 있었어. 그분이 '자신의 아이를 어떤 아이로 키우고 싶은가?'라는 질문을 내놓았지만, 엄마는 그 물음에 대답할 수가 없었어. 어쩌면 다른 엄마들도 섣불리 답을 할 수 없었을 거야.

교수님은 명문대와 일반대학 학생들을 각각 두 가지 유형으로 나누며 강연을 시작했어. 명문대 학생들은 '공부만 잘하는 아이'와 '공부도 잘하는 아이'로 나뉘었어. 반면 일반대학 학생들은 '공부는 못 하지만, 성격 좋은 아이'와 '공부도 못하는 아이'로 나뉜다고 했어.

이 네 가지 유형 중에서 교수님은 '공부만 잘하는 아이'를 최하위로 뽑아서 엄마를 당황하게 했어. 엄마는 '공부도 못하는 아이'가 가장 낮은 순위라고 생각했기에 결과에 대한 놀라움이 컸어. 이 결과에서 보다시피 공부의 중요성을 뛰어넘는 '성격' 또한 중요하다는 의미를 보여 주고 있어.

'성격'은 사람과의 관계 형성, 도전 정신 책임과 등 다양한 인간관계와 사회생활에 필요한 덕목을 얘기해. 이는 성공적인 직업 생활뿐만 아니라 인간관계 구축에도 매우 중요한 역할을 해. 결국 우리는 좋은 직장을 찾아 조금은 남보다 편하게 살기 위해 노력하는 게 되어 버린 거지.

엄마는 항상 네가 공부는 평균만 해도 되고, 건강하면 더 바랄 것이 없다고 얘기했어. 하지만 그렇게 말해 놓고 실제로는 정반대의 행동을 해왔지. 아침 7시부터 밥 먹는 너에게 영어 단어를 외우게 하고, 학원 수업이 끝나 집에 오면 그날의 숙제를 다 끝내야만 자유시간을 주는 엄마의 모습을 보게 되었어.

이건 과연 너를 위한 것이 맞을까? 너도 진심 이걸 바라는 걸까? 시대가 변함에 있어 배움의 중요성에 더 강조되는 건 사실이었어. 누구보다 내 아이가 뒤처지는 삶이 되지 않길 바라는 부모님의 마음이 여간 과할 때가 많아. 진정 부모가 아이를 어떤 아이로 키우고 싶을까? 라는 물음에 엄마는 다시 한번 생각하게 했어.

엄마들은 아이가 공부를 잘하고, 말 잘 듣고, 착하게 살길 바라고 있어. 반대로 아이는 아직은 뛰놀고 싶고, 공부하기 싫고, 마음 가는 대로 살고 싶어 하지. 어느 한쪽이 정답이라는 말은 못 해. 엄마도 어릴 때 공부도 하기 싫고 놀기만 좋아했으니 네 마음을 이해해. 하지만 부모가 되면 그 잣대가 엄격해지는 건 사실이야. 부모들은 항상 아이를 너무 닦달해. 공부해라, 학원 가라, 숙제 끝내고 자. 물론 자식의 미래를 위해 하는 선의의 잔소리임을 알고 있음에도 도가 지나치다는 생각이 들어. 엄마도 그중에 한 명이지만 말이야.

결국 '이건 다 널 위한 것'이란 얘기는 전부 거짓이었어. 여태 엄마가 너를 위한다는 건 핑계였을 뿐이며, 진정 너를 위한 게 아니라는 걸 깨달았어. 엄마는 드디어 모든 걸 깨우치게 되며, 너의 그 많던 학원을 두 개만 내놓고 끊기로 결심했어.

너를 키우면서 여태까지 최선을 다하는 시늉만 한 것 같아. 그런 엄마가 30대 후반이 되어서야 너한테 미안한 마음이 들었고, 드디어 철 들기 시작했어. 그래도 40대 전에 철들어서 다행이라 생각하고, 진정 너를 위해 열심히 지원해 볼게.

그 첫 번째가 바로 학원 선택이 될 거야. 너의 선택을 믿고 기다릴게. 넌 선택의 중요성을 엄마보다 더 빨리 깨우쳤으면 해. 엄마는 자신의 선택을 후회하고 뒤돌아보는 삶을 많이 겪어 왔어. 어쩌면 '자신의 아이를 어떤 아이로 키우고 싶은가?'에 대한 답을 이미 알고 있었는지 몰라. 단지 인정하기 싫었을 뿐. 너를 위한다는 거짓된 말로 결국 엄마의 이기적인 욕심을 채우고 싶었나 봐.

너를 키움으로써 엄마가 진정 어른이 되는 느낌을 받았어. 요즘은 '인성'이란 단어를 많이 사용하더라. 그 의미는 개인의 도덕적 가치, 태도, 감정 동기 및 행동 양식을 포함한 종합적인 성격 특성을 의미해. 따라서 학문적인 지식도 중요하지만, 타인과의 긍정적인 관계 형성을 발휘하는 '성격'의 힘 또한 큰 가치가 있다는 것을 기억해 줘.

그러니 오늘부터 너를 엄마의 이기적인 욕심을 채우는 '도구'가 아닌 진정 너의 행복한 앞날에 도움 되는 '파트너'로 살아갈게. '인생을 네 방식대로 꾸며 나가는 아이'로 키워 나가면서 말이야. 물론 거기에 인성과 센스까지 갖추면 너무 좋겠지?

3

수원일진 그녀

♦

오해와 화해, 관계의 회복

　몇 주 전부터 너의 표정이 심상치 않음을 느끼고 있었어. 그래도 오늘 엄마한테 마음속 얘기를 해 줘서 정말 고마웠어. 삼총사라 불릴 정도로 친했던 친구가 다른 친구들과 더 많은 시간을 보내면서 너와 사이가 멀어졌다고 말했지? 그래서 요즘 기분이 우울하다고 털어놓은 네가 사랑스러웠어. 너와 항상 함께하던 친구이기에 더 섭섭함을 많이 느꼈을 거야.

　근데 있잖아. 절친이란 원래 그런 거야. 오해했다가 풀리고, 싸웠다가도 다시 함께 잘 지내는 그런 사이. 그러니 조금만 기다려 준다면 너희는 더 가까운 사이가 될 거야. 엄마도 그랬으니까. 이렇게 얘기하다 보니 엄마도 친구와의 코믹한 다툼이 생각나는구나. 그 얘기를 지금부터 해 줄게. 그러면 아마 네 마음이 조금 풀리고, 그 친구에 대한 섭섭함도 풀릴 거야.

　엄마도 너처럼 초등학교 때부터 친한 친구가 있었어. 수원에 가는 날이면, 새벽에 만취되어 들어오는 이유를 제공하는 그 이모. 더 신기한 건 엄마와 이모는 그렇게 오래 알고 지낸 사이인데, 그날 처음으로 다툼이란 걸해 봤어. 이모는 잘 웃고 말솜씨도 좋으며, 자신감도 넘치는 사람이고, 엄마는 무뚝뚝하고 말수도 적고 자존감이 낮은 사람이지. 이렇게 서로 다른성격을 지닌 둘이 친구가 될 수 있었던 건 아마도 서로의 차이를 이해하고극복했기 때문일 거야.

우리 집은 엄마 친구들의 모임 장소였어. 그날도 모임 음식 준비 얘기를하다가 서로의 말이 날카로워졌어. 이모가 한 말이 엄마의 마음을 상하게했나 봐. 사실 큰일이 아니었는데도 엄마는 화가 나서 결국 이모와의 관계를 정리해 버리려고 했어. 지금 돌이켜보니 엄마가 먼저 이모를 건드리는말을 한 것 같기도 해.

수십 년간의 우정이 한순간에 흔들리는 순간이었어. 그날 밤 이모의 전화는 계속되었고, 아침에 일어나 확인하니 부재중 전화가 수십 통이었어. (엄마는 시간이 지나면 보통 화가 풀리는 타입이야.) 결국 다음 날, 화가 난 이모가우리 집까지 찾아오는 불상사가 벌어진 거야. 하지만 문을 열어 주는 순간우린 싸운 사람이 맞나 싶을 정도로 빵! 터져 웃고 말았지. 다행히 서로 화해랄 것도 없이 서로의 얼굴을 보는 순간 풀렸어. 친구들은 그래. 정말 사소한 일로 다투고 서운해지고 속상하지만, 아무 일 없는 것처럼 다시 잘 지내는 사이가 되고는 해.

이 일이 왜 생겼을까? 결국 오해로 생긴 문제였어. 서로를 위해 한 말이 잘못 전달되어 오해가 생긴 거야. 오해가 생기면 사람들은 종종 상대방이 자신의 마음을 헤아려 주지 않는다고 생각하게 돼. 이러한 과정에서 원망이 시작되지. 하지만 실제로는 상대방이 마음을 헤아려 주지 않은 게 아니라, 자기 스스로 상대방과의 소통의 길을 차단하고 있다는 생각은 하지 않아.

만약 그날 다툼 이후에 이모가 먼저 사과했음에도 엄마가 그 사과를 받아들이지 않았다면, 엄마는 자신도 모르게 옹졸한 마음을 가진 사람이 되어 버렸을 거야.

관계는 상대방도 너의 입장에 대해 이해하고 부족한 부분을 채워 나가야 해. 이런 방식으로 좋아지고 또 개선해 나가면, 관계에 대해서는 아주 원만한 결과를 얻을 수 있어. 즉, 엄마와 이모 사이처럼 말이야. 다툼 이후 더 가까워졌다는 생각은 엄마만 하는 게 아닐 거야. 아마 이모도 같은 생각을 하고 있겠지?

오해로 생긴 문제를 해결할 때는 마음속에 따뜻한 말을 건네듯이, 더욱 따뜻하고 이해심 있는 태도로 접근해야 해. 네가 먼저 상대방의 입장을 이해하고 마음을 헤아리면, 그 사람도 역시 네 입장을 헤아리게 될 거야.

그러니 서운한 마음을 잠시 거두고 그 친구가 너에게 어떤 존재인지를 먼저 떠올려 봐. 그리고 그 친구가 너에게 얼마나 소중한지 솔직히 얘기해 주렴. "사실 요즘 네가 나보다 다른 애들과 친하게 지내는 것 같아 조금 속상했다고, 옹졸하게 생각한 내가 미안해. 아무래도 네가 너무 소중해서 더 속상했던 것 같아."하면서 서운했던 그 친구한테 문자 한 통 날려 보는 건 어떨까? 오해일 수도 있잖아. 서로 오해가 있으면 얘기로 풀어야 해.

말로 표현하지 않으면 마음속의 생각은 아무도 몰라. 그래서 오해가 생기기 쉽지. 그 오해를 풀지 않으면 관계는 점점 더 꼬이고 멀어진단다. 다른 사람의 입장에서 한 번 더 생각하고 오해를 풀기 위해 노력한다면, 그 관계는 더욱 깊어진 관계로 발전하게 되지.

오해는 누구에게나 발생할 수 있는 사고 현장과 같은 거야. 사고 현장을 빨리 수습해야 2차 사고의 피해가 없듯이, 오해도 마찬가지로 빠르게 해결해 나가야 관계가 지속이 돼.

그러니 속상해 말고 용기를 내보는 건 어떨까? 말로 전할 용기가 없다면, 편지로 하는 것도 좋은 방법이야. 안방 서랍장에 예쁜 편지지가 많으니 마음껏 갖다 쓰도록 해. 속상한 와중에 잠은 잘 자서 다행이야.

단점에 맞서는 태도

약점을 인정하고 극복하는 자세

어릴 때부터 엄마는 키가 작은 것에 스트레스를 많이 받았어. 반면 너의 아빠는 키가 크지 않음에도 불구하고, 그것에 대한 스트레스를 전혀 느끼지 않는 삶을 살았지. 이러한 트라우마 때문에 엄마는 너의 키에 집착하게 되었지. 초등학교 110cm로 키 작은 아이로 입학한 널 보며 엄마의 마음은 더 조급해졌어. 네가 작은 키 때문에 스트레스가 받을까 봐, 키 성장에 도움 되는 모든 방법을 시도해 봤어.

근데 더 예상치 못한 일이 생겨 버렸어. 초등 2학년 때 갑자기 가슴 통증을 호소하는 너와 함께 소아청소년과를 방문했어. 의사 선생님은 성조숙증이 의심된다며 성장 검사병원을 추천해 주시는 거야. 성조숙증이 키가 크고 살집이 있는 아이들만의 문제라고 생각했지만, 너의 사례를 통해 키가 작은 아이들도 성조숙증에 걸릴 수 있다는 사실을 알게 되었어.

엄마는 성조숙증에 대해 잘 몰랐어. 네가 이빨이 빨리 나서, 이유식을 빨리 시작했다는 사실 외에는 크게 걱정할 것이 없었거든. 입이 짧아 잘 먹지 않는 네가 그래도 콜라, 사이다, 인스턴트 등을 먹는 것에 감사했어. 그러나 성조숙증 진단 후, 이러한 음식들이 오히려 너의 건강에 해롭다는 사실을 알게 되었어. 그것이 성조숙증에 영향을 줄 수 있다는 사실에 전부 엄마의 잘못인 것 같아 속상했어. 이미 지나간 일은 되돌릴 수는 없지만, 이제부터라도 식단 관리와 건강에 더욱 주의를 기울이기로 마음먹었어.

의사 선생님은 이제부터라도 음식조절과 운동을 해야 한다고 말씀하셨어. 아니면 키가 148cm에서 멈출 수도 있다고 얘기하는데 너무 속상한 거야. 엄마보다 키가 더 작으면 어쩌나 걱정이 많이 되었어. 억제 주사와 성장 주사를 병행하면 효과가 더 좋다는 의사 선생님의 말씀에 고민이 많아졌어. 우리 집 형편에 그 비싼 주사를 끝까지 맞힐 수 있을까? 그리고 부작용은 없을까? 많은 생각을 하게 되었지.

엄마 아빠는 작은 키를 너에게 대물림하지 않기 위해, 결국 마지막 수단으로 주사 치료를 해보기로 했어. 그 뒤, 검진 날짜에 맞춰서 널 억지로 끌고 병원으로 갔어. 그때는 어떤 일이 벌어질지 전혀 예상치 못했어. 엄마에게 있어서 그날은 아마도 두 번째로 놀란 순간이었을 거야. 첫 번째는 네가 엄지손가락 수술을 받을 때였어. 그날의 두려움은 말로 다 표현하기 어려웠지. 수면 마취를 받는 널 보며 다시 눈을 뜨지 못할 수도 있다는 무서운 생각에 사로잡혔던 기억이 나. 그렇게 엄마는 너의 키 문제를 해결하기 위해 최선을 다한다고 생각했었어. 하지만 너를 너무 몰아붙인 것이 화근이 되었나 봐.

마음을 가볍게 먹고 왔지만, 그래도 긴장이 되는 하루였어. 검사는 총 2시간 동안 진행되었고, 그 과정에서 7번 채혈하여 통계를 내 확인해야만 했어. 그런데 넌 6번째 채혈을 끝내고 엑스레이를 찍다가 갑자기 어지럽다고 하더니, 쇼크 상태가 와버렸어. 다행히 의사 선생님들의 응급처치 덕분에 너는 서서히 회복되었어. 그 모습을 보며 엄마는 '이딴 검사를 왜 했을까?' 하고 후회했어.

그냥 키가 작으면 작은 대로 살면 될 것을, 엄마도 그렇게 살고 있는데 왜 이렇게 너를 힘들게 했나 싶었어. 아이가 우선이라면서 정작 키가 작다는 작은 흠 하나도 받아들이지 못했던 엄마가 너무 부끄러웠어. 그날 이후 엄마는 너를 자연 성장으로 키우기로 맘을 먹었어. 다행히 6학년인 넌 벌써 150cm를 훌쩍 넘었어.

시간이 지나면서 깨달았어. 엄마의 이런 노력이 사실은 엄마 자신의 욕심에서 비롯된 것이고, 너는 키에 상관없이 행복할 수 있는 아이라는 걸 말이야. 이런 너의 자신감은 아빠를 많이 닮았어. 엄마의 트라우마로 인해, 너를 부정적인 방향으로 이끌려고 했던 거 같아. 그것이 너에게 부담이 되었다면 정말 미안해.

이제 엄마의 바람은 조금 달라졌어. 네가 키나 다른 외적인 조건들에 구애받지 않고 당당한 모습으로 커가면 좋겠다는 생각이야. 너의 삶도 자신 있는 모습으로 채워 나갔으면 해. 넌 그 자체로 소중하며 사랑받을 가치가 충분한 사람이니까.

자신만의 독특한 개성을 가지고, 자신의 가야 할 길을 확신하며 걸어가길 바랄게. 그렇게 걷다 보면 너는 아마 너만의 이야기로 가득 차 있는 삶에 도착해 있을 거야. 그리고 언제나 기억해 줘. 너는 너만으로도 충분히 빛나는 존재라는 걸.

그날의 아찔한 추억을 다시 떠올리는 것만으로도 엄마는 괴롭구나. 얼른 꿈나라로 가길 바라는 엄마의 맘을 좀 알아주면 좋으련만. 해맑게 핸드폰을 하는 너를 보니 그럴 맘이 전혀 없어 보이는구나. 그래도 너를 건드릴 수 없는 엄마는 너의 사춘기가 얼른 지나가길 바랄뿐이야.

5

낚시를 즐기는 법을
알려 줄게

✦

인내와 기다림의 가치

가끔은 엄마가 남자로 태어났으면 어땠을까? 하는 생각을 하게 돼. 엄마
의 이색적인 취미 중 하나가 바로 낚시야. 특히 바다낚시를 좋아해. 확 트
인 바다를 보면서 가두리에 낚싯대를 던지면 더할 나위 없는 희망이 부풀
어 오르거든. 낚시는 남자들이 즐기는 취미이긴 하지만, 엄마는 낚시가 참
좋아. 마음의 복잡하고 일이 잘 풀리지 않을 때, 아빠와 함께 낚시를 가곤
해.(절대 미끼를 만지지 못해서 함께 가는 건 아니야.) 가끔 아무것도 낚지 못하고
허무하게 돌아올 때도 있지만, 그 시간이 아깝다고 생각되지는 않았어.

낚시의 매력은 기다림이야. 물론 낚시가 취미인 사람들한테만 해당하는
사항이지. 싫어하는 사람들은 마냥 지루한 시간이 되겠지. 엄마는 막연한
기대감에 부풀어 물속에 던진 낚싯대가 깊은 곳에서 무얼 하고 있을지 상
상하는 그 시간이 좋아. 마치 해결되지 않은 문제의 답을 찾기 위한 제한
시간이 시작된 것처럼 마음이 조마조마해져. 그 순간, 엄마는 모든 걸 멈추

고 시간이 정지된 듯한 고요함 속에서 깊은 생각에 잠기곤 해.

이처럼 낚시는 단지 물고기를 잡는 즐거움을 넘어서, 우리가 삶에서 마주하는 수많은 미해결된 문제들 앞에 서는 것과 같아. 인내와 기대감을 품고 끝까지 기다릴 줄 아는 태도를 배우게 해 주지. 일상 속의 모든 감정은 잠시 잊고, 자연과 하나가 되어 마음의 여유와 안정을 찾게 해 줘. 이처럼 아름다운 매력을 가진 것이 바로 낚시가 주는 즐거움이 아닐까? 때론 오랜 기다림 끝에 손맛조차 보지 못하고 돌아올 때도 있어. 하지만 아쉬움보다는 인내와 기다림을 통해 자신을 성찰할 수 있어서 그 시간이 더 소중하게 느껴져.

엄마의 인내심은 아마 낚시로 길러졌다고 해도 과언이 아닐 거야. 엄청 다혈질인 엄마가 기다림과 인내를 가르쳐 준 매력적인 낚시, 너도 한번 해 보고 싶지 않아? 낚시만큼 매력적인 것은 없다고 생각해. 다음에는 우리 가족이 함께 가는 건 어떨까? 물론 사춘기인 지금은 어렵겠지만, 시간 지나 함께 할 생각을 하니 벌써 기대돼.

오늘은 집이 떠나갈 만큼 음악 소리가 크네. 스피커의 소리가 엄마의 심장까지 울리게 만들어. 사춘기에 들어선 요즘은 흔히 볼 수 없는 광경이라 더 의아해지는구나. 사춘기 전에 네가 엄마에게 이렇게 말했지. "난 절대

방문을 걸어 잠그지 않을 거야."라고 말이야. 이유를 물었더니, 엄마의 불같은 성격에 문을 부술 것 같아 꼭 열어 놓을 거라는 너의 얘기가 떠올라.

무색하게도 넌 사춘기 시작부터 몇 달간 방문을 굳게 닫았지만, 엄마는 다행히 지금까지 문을 부수지 않고 차분히 너를 기다리고 있어. 낚시할 때의 마음가짐으로 너를 기다리고 있어서일까? 다행히 오늘은 너의 방문이 활짝 열려 있구나. 엄마의 손은 키보드 위에 놓여 있지만, 눈은 이미 방문 넘어 흐느적거리는 널 보고 있어. 흔치 않은 광경을 보게 된 엄마는 오늘 너희들 말처럼 기분이 완전히 째지는구나. 오늘은 엄마가 행운아가 된 기분이야. 오늘도 엄마를 웃게 해 줘서 고마워.

낚시는 고기를 많이 낚는 게 즐거움이 아니라, 고기를 기다리는 과정에서 느끼는 기대감이 주는 즐거움이야. 즉 '기다림'이란 돌로 '안정'이란 담벼락을 쌓는 과정에서 찾아오는 즐거움이야. 작은 행동 변화 하나에도 우리는 스트레스와 불안을 줄일 수 있고, 삶의 질이 크게 높아질 수도 있단다. 또한 낚시에서 배우는 '기다림'의 미덕을 적용하여 너의 삶을 좀 더 안정적으로 바꿔 나가면 좋겠어.

그런 의미에서 딸아, 오늘은 손에 든 핸드폰을 잠시 내려놓고 일찍 잠자리에 드는 건 어때? 디지털 기기에서 벗어나 잠시 멈추는 시간을 가져 보는 거야. 그 시간을 이용해 몸과 마음이 휴식을 취하고 내일을 위한 에너지를 충전하는 것이야말로, 너의 삶에서 '안정'을 찾아가는 중요한 단계가 될 거야. 서로의 부딪힘을 최소화하기 위한 엄마의 노력을 가상케 생각해서라도 얼른 너의 고양이 쿠션을 안고 잠자리에 들길 바랄게.

애도의 시간, 추억으로 남는 위로
- 장례식

◆
슬픔을 넘어서는 기억의 소중함

글의 주제가 오늘따라 참 무겁게 느껴지는구나. 그날 증조할아버지의 상태가 좋지 않다는 전화를 받았어. 오늘이 고비일 수도 있다는 얘기에 아빠는 먼저 병원으로 향했고, 엄마는 집에서 소식을 기다리고 있었어. 그 시간은 견디기 어려웠어. 오후가 되어, 전화기에 뜨는 아빠의 번호를 보며, 엄마는 덜컥 마음이 내려앉았어. 결국 떠나셨구나. 어쩌면 삶의 끊어짐이 이렇게 단시간에 이뤄지는지 의심의 갈 정도로 마음이 무겁고 슬펐어. 물론 엄마의 슬픔과 괴로움은 아빠에 비하면 아무것도 아니겠지만 말이야.

일주일 전까지만 해도 함께 식사하며 웃고 계셨던 할아버지가 고인이 되다니. 환하게 웃고 있는 영정사진을 보니, 엄마는 후회로 마음이 가득 찼어. 일주일 전에 손을 꼭 잡으며 인사하던 할아버지와 다음에 올 때 꼭 족발을 사드리겠다고 했던 얘기가 생각나서 더 슬펐어. 그런 작은 약속들이 이제는 이룰 수 없게 된 것이 너무나 안타까워서 차마 소리 내어 울지도 못했어.

발인 날이 되어 입관 준비가 시작되었고, 화장로로 옮겨졌어. "이것이 마지막일지 모른다."라며 입관 전에 마지막으로 만져 보라고 말씀하신 장례 도우미의 얘기에 가족들은 참았던 눈물을 쏟아 냈어. 가족들이 한 줌의 유골함을 품고 있는 모습을 보니, 비로소 할아버지의 죽음을 실감하게 되었어. 유골함이 작게 보일지라도, 그 안에는 할아버지가 살아온 삶의 흔적이 고스란히 담겨 있었어. 할아버지를 보내는 것이 더욱 아쉬웠지만, 할아버지가 걱정하지 않도록 빠르게 보내드리기로 했어.

우리 가족에게 남겨진 시간을 소중히 여기며, 할아버지가 남긴 추억을 가슴 깊이 간직하기로 다짐했어. 또한 죽음의 불가피성을 인정하고, 과거와 미래에 얽매이지 않고 현재에 집중하며 살아가야겠다고 생각했어.

우리가 100살까지 산다고 가정하면 우리는 36,500일을 살 수가 있어. 어때? 숫자로 보니깐 실감이 나지? 생각보다 우리한테 주어진 시간은 많지 않다는 거야. 그런데 사람들은 항상 할 일을 그때그때 하지 않고, 내일로 미뤄. 물론 엄마도 그럴 때가 많아. 100살까지 산다면 36,500이지만 엄마는 18,000일이란 시간이 이미 살아왔어. 인간은 어쩌면 이렇게 짧은 시간 안에 많은 소중한 경험과 추억을 쌓을 수 있는지 경이로울 정도야.

죽음 앞에서 그 누구도 강자가 될 순 없어. 누구나 언제가 될지 모르지만, 죽음은 꼭 한번은 거쳐야 하는 의식이지. 죽음을 맞이하는 생각만 해도 순간 두려움이 밀려와. 그건 누구나 마찬가지일 거야. 하지만 죽음을 겁내기보다는, 자식들과 지인들에게 또 다른 추억으로 기억된다고 생각하면 덜 무서울 거야. 어차피 한번은 겪어야 하는 일이라면, 덜 무섭게 생각을 바꿔가는 것도 좋을 거야.

옛날 어르신들은 그 사람이 잘 살았냐 못살았냐는 장례식장에서 보면 안다고 얘기하셨어. 엄마는 할아버지의 장례식장에서 그 얘기가 무슨 얘기인지 깨달았어. 3일간, 많은 사람들이 오셔서 애도하는 모습을 보았어. 조문객들이 나누는 얘기를 통해 돌아가신 할아버지의 성품과 인품을 다시 한번 느끼게 되었어.

장례식은 단순히 고인을 잘 보내드리는 것이라고만 생각했어. 하지만 그것보다 더 큰 의미가 있었어. 고인을 기억하고 추억하는 것은 고인과의 관계를 정리하고 마음속에 잘 간직하기 위한 중요한 과정이야. 장례식장은 그 과정이 이루어지는 의미 있는 장소였어.

삶의 의미와 가치는 개인마다 다를 수 있어. 하지만 우리가 살아온 삶 자체가 소중한 건 변함없는 사실이야. 집으로 돌아오는 길에 조금은 슬픈 생각을 했어. 엄마의 장례식은 어떤 모습일지, 빈소에 찾아오는 사람은 많을지 걱정이 앞섰어. 그래도 인생 잘 살았다고 자신하지만, 그건 모르는 일이잖아?

또한 네가 많이 울지는 않을까? 엄마는 네가 많이 울지 않았으면 좋겠어. 짧은 삶에서 너와 엄마의 추억이 남았다는 것에 감사하며, 그 추억으로 남은 인생을 꿋꿋이 살아가길 원해. 그렇다고 엄마를 잊으라는 얘기는 아니야. 엄마가 할아버지를 떠올리며 추억에 잠기듯, 너도 가끔은 엄마와의 추억을 떠올리며 행복했던 시절의 판도라 상자를 열어 보면 좋겠어. 그럴 수 있지?

만약 엄마의 죽음을 맞이하는 그날이 온다면 이렇게 생각해 줄래? 너는 엄마를 잃는 게 아니라, 엄마와 함께했던 소중한 시간을 더 깊은 추억으로 간직하는 시간을 갖는 거라고. 마냥 죽음을 슬픔으로 받아들이지 말라는 얘기야. 죽음을 이해하고 받아들이려고 노력한다면 슬픔도 조금은 덜어질 수 있지 않을까? 할아버지와 엄마의 추억이 엄마의 마음속에 남아 있듯이, 너와 엄마의 추억도 너의 판도라 상자에 소중히 보관해 보렴. 그러니 한 번쯤은 맞이할 엄마의 죽음 앞에서 조금만 슬퍼하기를 바랄게.

이 무거운 주제가 이 책을 쓰는 이유가 되지 않길 원했지만, 어쩌면 가장 큰 이유가 될 것 같구나. 엄마가 없는 그날을 대비해 이 글이 너에게 위안이 되길 바라며, 이제 너를 등원시키고 잠시 쉬어야겠어. 역시 24시간 일은 무리야.

2인실에서 배운
삶의 자세

어린 시절, 너는 지나가는 감기 정도는 앓았어도 크게 아픈 적은 없었어. 그래서 엄마가 좀 안일했었나 봐. 한 달 동안 기침을 달고 있던 너를 단순한 감기로 생각하고, 약만 먹이다가 결국 큰일이 터지고 말았어.

그날 낮부터 시작된 미열이 저녁이 되자 고열로 번지기 시작했어. 엄마는 급한 마음에 곧바로 응급실로 달려갔어. 하필 그 시기에 폐렴이 유행이었는지, 비어있는 입원실이 하나도 없었어. 우리는 병실이 나기까지 응급실 소파에서 긴 시간을 기다려야만 했어. 그 순간, 엄마는 너의 아픔을 보면서 반성했어. 그동안 너의 건강에 대해 소홀하게 생각했던 것이 큰 실수였음을 깨달았지.

응급실은 정말 난리였어. 기침하는 아이, 토하는 아이, 열나는 아이, 울고불고하는 아이들로 가득했어. 부모님들은 모두 같은 표정으로, 걱정 어린 눈빛으로 아이들을 돌보고 있었어. 엄마도 그들처럼 너의 아픔을 대신하고 싶다는 마음뿐이었어. 곤히 잠든 네가 주변의 소리에 깨는 걸 보고 빨리 입원실이 배정되길 기도했어.

24시간이라는 긴 시간이 흘렀음에도, 결국 6인실은 나지 않았고, 2인실만 남았다는 간호사의 얘기를 들었어. 내일까지 대기하면 6인실이 나온다고 했지만, 엄마의 체력도 한계에 다다랐고, 무엇보다 네가 잠을 못 자는 것이 가장 신경 쓰였어. 대학병원의 2인실 비용은 실로 어마어마했지. 그래도 잠을 못 자는 너를 위해 얼른 결정을 내려야 했어.

병원에서 이렇게 오랜 시간 대기한 건 처음이었어. 기다려도 6인실이 나지 않자, 엄마는 어쩔 수 없이 너와 엄마를 위해 2인실을 선택할 수밖에 없었어. 드디어 응급실을 벗어나게 되었지.

응급실의 복잡한 상황을 벗어나 조용히 지낼 수 있다는 생각에 한시름 놓았어. 하지만 옆 환자의 가래 뱉는 소리 때문에 너는 또다시 잠을 이루지 못하게 되었지. 화가 난 엄마가 한마디 하려던 순간, 선생님의 부름으로 나가는 옆 환자의 얼굴을 보게 되었어. 장애가 있는 친구를 보는 순간, 아까의 모든 상황이 이해되었어. 그 친구가 힘들게 가래를 뱉는 모습을 보며, 그동안 얼마나 고생했을지 짐작할 수 있었어.

그의 부모님은 입원이 익숙한 일인 듯 보였어. 또 누구의 도움을 받아야 할지, 병원비는 어떡할지에 대해 논의하는 목소리가 옆 커튼을 뚫고 그대로 전해졌어. 엄마도 오늘까지만 널 돌볼 수 있고 내일부터는 출근해야 하는 상황이었지. 다행히 고모가 봐준다고 하여 한시름 놓은 상태라, 그 부모님의 사정이 마치 엄마의 일처럼 공감이 되었어.

지금 엄마가 잠을 못 자고 힘든 것보다, 저 아이의 부모님에 대한 걱정이 점점 더 신경 쓰이기 시작했어. 한 번의 입원도 엄마는 이토록 힘든데, 저 분들은 얼마나 힘들까? 감히 상상조차 할 수 없었어.

엄마는 무슨 일이 생기면 항상 "왜 이런 일이 나한테 일어날까?" 하고 원망하기에 바빴어. 그런 엄마가 반대편 침상에 있는 가족들을 보면서, 지금 너의 상황을 원망 아닌 감사의 마음을 가져야겠다고 생각했어.

예를 들어, 폐렴에 걸렸을 때, 열이 조금씩 내려가는 것에 감사했고, 가래를 뱉을 줄 모르던 친구가 간호사의 도움으로 뱉게 된 이런 사소한 것에도 감사하는 마음을 가지게 되었지.

이번 경험을 통해 엄마는 가족을 향한 사랑과 헌신의 깊이를 깨달았어. 또한 살아 있음에 감사하는 마음을 가지게 되었어. 삶에 대한 원망이 컸던 엄마는 이제 감사함으로 가득 찬 자세로 탈바꿈하려 해. 긍정적인 마음으로 새로운 세상을 맞이하기로 다짐했어.

평범한 일상에서 우리는 종종 감사의 마음을 잊고 살아가곤 해. 그러나 큰 시련을 겪으면, 우리는 작은 것에 감사하는 법을 배우게 돼. 예를 들어, 실직 후 재취업에 성공한 사람은 일상의 안정과 직업의 소중함을 다시금 알게 되고, 또한 친구의 따뜻한 위로와 가족의 지지는 일상 속의 소소한 행복을 소중히 여기게 되지. 이 모든 것은 우리가 더 긍정적이고 행복한 삶을 살 수 있도록 도와줘.

더 나아가, 아픔의 감사는 우리를 더 나은 인간으로 만들어 주기도 해. 고통을 경험한 사람은 타인의 고통에 공감할 수 있는 능력을 갖추게 되지. 이는 인간관계를 더 깊고 진실하게 만들어줘. 예를 들어, 큰 사고로 인해 장애를 얻은 사람은 비슷한 상황에 처한 다른 사람들에게 큰 위로와 지지를 제공할 수 있어. 삶을 살아가면서 때때로 원망이 앞서 소중함에 대한 감사를 잊고 살 때가 많아. 하지만 살아 있음에 대한 감사를 느끼며, 이 순간의 소중함을 잊지 않기를 바라.

결국, 아픔을 통해 터득한 감사는 우리에게 많은 가르침을 준다는 거야. 그것은 우리의 내면을 성장시키고, 삶의 소중함을 일깨워 주어 더 나은 인간으로 만들어줘. 우리는 고통을 피할 수 없지만, 그 고통 속에서 의미와 가치를 찾는다면, 우리는 더욱 풍요로운 삶을 살아갈 수 있어.

가끔은 예상치 못한 고난에 닥칠 때가 있어. 종종 이러한 어려움을 피하고 싶지만, 아이러니하게도 아픔에서 우리는 가장 중요한 걸 터득할 때가 있어. 지금 엄마가 너의 입원으로 긍정적인 마음을 가지게 된 것과 같이.

그러니 살아감에 있어, 원망 대신 감사를 자주 해 보자. 그러면 힘든 일도 잘 이겨 낼 수 있지 않을까? 그러니 엄마는 어제보다 조금 화를 덜 내는 너에게 감사해.

밤하늘의
조용한 동행

엄마의 요즘 소원은 밤하늘이 아름다운 몽골로 여행을 가는 거야. 함께 가자고 했지만, 혼자 다녀오라며 거절하는 너에게 조금 섭섭했어. 엄마가 밤하늘을 좋아하는 이유는 밤의 고요함 속에 유일하게 빛나는 달과 별이 있기 때문이야. 그 두 존재가 엄마의 마음에 신비로운 위안을 주거든.

달은 변화무쌍한 모습으로 매번 색다른 아름다움을 선사하고, 별은 무수히 많은 이야기를 담고 있는 듯 빛을 뿜어내고 있지. 이렇게 달과 별은 밤을 아주 특별하게 만들어. 엄마가 몽골의 밤하늘을 통해 느끼고 싶은 것은 이러한 평화로운 시간, 오로지 엄마를 위한 시간을 갖기 위함이야.

전업주부인 엄마도 전에는 직장 생활을 했었던 직장인이라는 사실을 너는 알고 있을까? 시간이 흘러 엄마가 주부로서 깊이 자리를 잡은 지금, 직장 생활은 마치 한 페이지의 추억처럼 느껴져. 하지만 직장에 다니든, 주부로서 생활이든, 그 본질은 크게 달라지진 않아. 직장에서는 회사를 위해, 주부로서는 가정을 위해 열심히 노력하는 건 비슷해. 아침부터 해가 지는 순간까지 때로는 그 이후까지도 엄마의 하루는 늘 타인을 위한 시간으로 채워져 있어. 오직 까만 밤이 되면, 비로소 엄마를 위한 시간을 갖게 되는 거야.

드라마나 노래, 하물며 공모전에서 '달과 별'이란 단어를 만날 때면 그것만으로도 가슴 설레고 기대감이 차올라. 그건 아마도 달과 별이 가진 독특한 매력 때문일 거야. 이 둘은 때로는 기쁨이나 슬픔을 넘어서 애잔한 감정까지 불러일으켜. 가끔은 그날의 컨디션에 따라 웃음 또는 눈물을 자아내기도 한다.

이처럼 단순히 밤하늘의 한 부분이 아닌 감정을 풍부하게 전달하는 존재이기도 해. 달과 별은 엄마에게 밤이 주는 희망을 상징해. 어둠 속에서도 아름다움을 빛내는 달과 별이 엄마에게 있어 단순한 천체가 아니야. 어두운 밤을 헤쳐 나갈 수 있는 희망과 꿈을 주는 특별한 존재야.

저녁이 되면 엄마는 베란다에서 밤하늘을 바라보는 것을 좋아해. 달 옆에는 항상 빛나는 한 개의 별이 보여. 저 달과 별처럼 우리도 서로를 지지하고, 항상 함께 있길 기도해. 달이 밤하늘에서 환하게 빛나며 별을 비추듯, 엄마도 밤하늘에서 빛나는 달과 별 같은 존재가 되어, 너의 앞날에 빛을 비춰 줄게.

　엄마는 이사를 4번 했었거든. 할 때마다 밤하늘을 보며 '너희가 나의 밤을 위로해 줘서 고마워.'라고 인사하곤 했어. 다른 곳에서도 밤하늘은 보이겠지만, 지금 이 자리에서 보는 건 오늘이 마지막이니까.

　달빛이 창가로 스며들 때, 모든 소음은 잠시 멈춘 듯 고요함만이 엄마의 마음을 채워 줘. 어떤 말로도 위로받지 못했던 엄마의 마음에 밤하늘은 유일한 친구가 되어 주었어. 모든 걱정과 슬픔은 잠시 잊은 채, 밤하늘을 바라보다 보면, 그 시간은 위로와 평온함까지 선물 받기도 해.

　잠시나마 책임감에서 벗어나, 오직 엄마만의 휴식을 즐기는 방식이 밤하늘을 보는 거야. 이러한 시간을 밤하늘과 함께하며, 내일을 위해 다시 힘을 모았어. 그러므로 전업주부의 삶이든, 직장인의 삶이든, 모두 자신의 맡은 역할에 최선을 다하는 것이 중요하다는 걸 다시 한번 깨닫게 되었어. 누구에게도 자신을 위로해 줄 무언가가 필요해. 엄마에게 밤하늘이 그러한 존재이듯, 너에게도 마음을 따뜻하게 해 줄 무언가를 찾길 바랄게. 그것이 바로 희망을 품고 살아가는 이유가 될 것이고, 삶을 더욱 풍부하고 의미 있게 만들어 줄 거야.

더불어 우리의 관계도 밤하늘에 빛나는 달과 별처럼 서로에게 힘이 되고, 위안이 되는 좋은 모녀 관계로 발전해 나가면 좋겠어. 마음을 표현하지 못하는 서툰 엄마라 미안해.

오늘은 네가 조용히 잠든 틈을 타 살포시 네 볼에 입 맞추고 "사랑해."라고 속삭였어. 이렇게나마 엄마의 마음을 전할 수 있어서 다행이야.

숨겨 놓은
마음 한 조각

봄이 가고 여름이 다가오는 계절의 변화는 더 이상 엄마에게 큰 의미를 주지 않았어. 그만큼 엄마의 심장이 더 이상 크게 요동치는 일이 줄었다는 얘기겠지. 물론 심장이 멈추지 않는 한 살아갈 수는 있겠지만, 심장이 다시금 격렬하게 요동치는 감성을 되찾고 싶어.

엄마에게도 계절의 변화에 따라 삶을 꿈꿨었던 시절이 있었어. 봄에는 새 옷 입고 꽃구경을 가고, 여름에는 시원한 계곡에서 물장구를 치며. 가을에는 도시락을 싸서 나들이를 가고, 겨울에는 눈 내린 거리를 사랑하는 사람과 함께 걷고 싶었던 시절이 존재했어. 그러나 지금은 여유로운 삶보다 현실에 더 집중하는 삶을 선택한 듯해.

아마도 각박한 현실에 부딪혀 엄마를 잠시 내려놓고 현실에 집중하느라 감정의 문을 닫아 버렸나 봐. 어쩌면 엄마의 몸은 피치 못할 상황에 의해 감정의 문이 닫혀 감성이 사라졌나 봐.

마라탕 사러 가는 길에 벚꽃잎을 잡으려 안간힘을 쓰는 한 아이의 모습을 보았어. 그 아이는 마치 꼭 이뤄야 할 소원이 있는 듯 벚꽃잎을 잡으려 애썼어. "잡았다."라는 환호 소리와 함께 그 아이는 온 세상의 희망을 한 손에 쥔 듯 벚꽃잎을 바라보고 있었어. 아이는 조심스럽게 잡은 벚꽃잎을 감싸며 두 눈 감고 소원을 빌었어.

엄마는 벚꽃잎이 떨어져 도로에 흩어져 있는 걸 보며, 미화원분들의 고생을 걱정하고 있었거든. 어른이 된 엄마의 마음은, 한때 풍부했던 감정의 소용돌이가 사라져 버렸어. 그 아이가 느꼈던 순수한 기쁨과 희망, 그리고 간절한 바람은 이제 엄마에게는 찾아볼 수 없는 머나먼 얘기가 되었지. 엄마의 마음도 마치 떨어진 벚꽃잎처럼, 어느 순간부터 점점 시들어 가는 꽃잎처럼 변해 가고 있었어.

엄마 친구들은 이미 각자의 창업 여정을 시작했어. 엄마에게는 상상조차 할 수 없는 일들을 친구들은 당당히 해 나가는 모습이 정말 부러웠어. 특히 여자임에도 불구하고, 남자도 운영하기 힘들다는 야채가게 창업에 도전한 간 큰 이모가 있었지. 엄마는 이모 가게에서 잠시 일을 도우면서 지루했던 일상에 새로운 즐거움을 찾게 되었어. 평범했던 일들 속에서 예상치 못한 만남과 대화들이 엄마에게 신선한 활력을 불어넣어 주었지. 이 경험은 삶을 바라보는 엄마의 시각에도 변화를 불러왔어.

엄마는 '혹시'라는 단어를 싫어했어. '혹시'라는 말은 한 사람을 기대의 늪으로 끌어들이고, '희망'이라는 고문에 빠뜨린다고 생각했었거든. 희망이란 고문 중 하나가 바로 사람을 가시적인 두려움에 빠지게 하는 거잖아.

때로는 엄마는 가식적인 두려움에 빠져 있었어. 그래서 스스로 얘기해 주고 싶어. 감정의 문을 닫지 않아도 된다고. 잘 견뎌 내는 것처럼 보이지 않아도 된다고 말이야. 상처받은 마음을 괜찮은 척 숨기지 않아도 되고, 강한 자로 보이지 않아도 되며, 내면의 아픔을 들켜도 된다고 말이야.

언제부터인가 스스로 감성적인 감정을 억누르고, 이성적으로만 판단하기 시작했어. 예상치 못한 시점에 '감성'이란 녀석이 갑자기 카드 할부금처럼 찾아와 뜻밖의 강도로 마음을 두드려 대기 시작했고, '이성'은 연체된 이자처럼 뒤늦게 밀려와 엄마를 힘들게 했어. 이성의 파도가 몰아치는 가운데, 감성은 그저 뒤처진 채로 따라오는 흐름을 보여 주는 거지.

몰아치는 이성을 지키기 위해, 엄마는 뒤처진 감성의 문을 닫았어. 마음 속 깊은 곳에서부터 우러나오는 감성의 소용돌이를 막아서기 위해, 냉정함이란 방패를 들고 견뎠지. 그 과정에서 마음은 한층 더 단단해졌지만, 이성과 감성 사이의 균형이 깨져 버렸어. 엄마는 그 깨져 버린 둘 사이의 균형을 다시 찾고 싶어졌어.

살면서 우리는 수많은 일을 마주하게 돼. 그 순간 중 일부는 너를 이성적으로 생각하게 만들고, 또 다른 순간들은 너의 감성을 자극하곤 해. 이 두 가지는 모두 인생을 살아가는 데 있어서 필요한 부분들이야. 하지만 때로는 감성의 문을 너무 깊이 닫아 버리면 다시 열기 위한 과정은 그리 쉽지만은 않을 거야.

언젠가 네가 감성을 닫아 버린 채로 있을 때, 그것을 다시 열기 위해 어떻게 해야 할지에 대해 얘기해 줄게. 우선, 너 자신을 이해하려고 노력해 봐. 네가 왜 그런 감정을 느끼는지, 그리고 그것이 너에게 어떤 영향을 미치는지를 알아야 해. 그리고 그 감성을 표현하는 방법을 찾아봐. 그 방법이 일기를 쓰는 것일 수도 있고, 친구나 가족과의 대화일 수도 있어. 중요한 것은 그 감성을 내면에만 간직하지 말라는 거야.

감성과 이성 모두 우리 삶에서 중요한 역할을 해. 이성은 논리적이고 합리적인 판단을 도와주고, 감성은 우리를 인간답게 살게 하는 깊이를 더해 주지. 이성과 감성 사이의 균형을 찾는 것은 쉽지 않은 일이야. 네가 이 균형을 찾는 과정에서 겪게 될 모든 시행착오와 성장의 순간들을 묵묵히 응원할게. 그리고 언제든지 엄마에게 기대어 휴식을 취할 수 있는 든든한 버팀목이 될게.

엄마도 닫힌 감성을 다시 느껴 보고 싶어. 봄의 꽃향기에 취하고, 여름의 비 내린 뒤 흙냄새를 맡으며, 가을의 주는 화려함에 빠져 겨울의 차가운 촉감을 일깨워 주는 그런 계절을 다시 느끼고 싶어. 손에 벗꽃잎을 잡고 있던 그 아이처럼 풋풋한 감성을 다시 찾고 싶어졌어.

드라마를 보며 엔도르핀이 솟구치는 너와 달리, 같은 드라마를 보면서도 마음이 조용한 엄마를 보니, 조금 더 감성적으로 몰입하려고 노력해야 할 것 같구나.

너의 잠재력이
발휘되는 그날까지

그런 날 있잖아. 모든 것이 완벽하게 맞아떨어지는 날이 있지. 해가 뜨고, 바람이 불고 모든 것이 네 편이 되어 주는 그런 날. 모든 능력이 최고로 발휘되고, 어떤 일도 너를 막을 수 없는 날. 세상이 마치 너를 위해 준비된 무대처럼 느껴지고, 너는 그 무대 위에서 즐기면 되는 그런 날. 아무것도 아닌 내가 갑자기 아무것이 되는 그런 날. 엄마에게 그런 날이 바로 오늘이야.

요즘 생각해 보면, 24년에는 건강만 빼면 엄마의 운은 참 좋았어. 어릴 때, 엄마는 수업 중에 몰래 소설책 읽는 걸 즐겼어. 그때는 지금처럼 핸드폰으로 책을 볼 수 없는 시절이었지. 담임 수업 시간만 빼고, 엄마는 대부분 시간은 거의 책에 빠져서 살았지.

네가 요즘 보는 〈선재 업고 튀어〉 드라마에도 싸이월드로 메시지 주고받는 모습이 나왔었어. 그 시절엔 싸이월드가 지금의 인스타그램 같은 존재였어. 그때의 싸이월드 감성은 정말 말로 표현할 수 없을 정도로 특별했어.

그 시절 소설을 사랑했던 엄마는 싸이월드에 로맨스 소설을 연재했던 기억이 나. 어쩌면 엄마가 웹소설 분야에서 최초는 아니라도 시초가 아닐까? 하는 생각도 들었어.

오늘 엄마는 인생에서 가장 기쁜 날을 맞이했어. 웹소설 계약이 처음은 아니지만, 엄마가 원하는 필명으로 원하는 대로 써 본 건 이번이 처음이었거든. 정말 꿈만 같았어. 21년 만에 꿈을 이룬 날이거든.

작가 지망생의 길을 걷기 시작한 지 2년 만에 얻은 결과라 더 특별하게 느껴져. 사람은 하나를 가지면 하나를 더 갖고 싶은 생각이 드는 건 어쩔 수 없나 봐. 쓰고 싶은 글을 쓰면 소원이 없겠다고 생각했는데, 부수입까지 들어오면 더 좋겠다고 생각하는 엄마가 속물 같아 보여. 하지만 자신의 공들인 일에서 수익이 창출되지 않으면, 그거 또한 슬플 것 같아.

아빠와 연애 시절에 쓰던 싸이월드 아이디가 지금 엄마의 필명이야. 그래서 더 의미가 깊었어. 오래전 아빠한테 얘기했거든. 먼 훗날, 엄마가 진짜 작가가 되면 꼭 첫 필명으로 이 이름을 쓸 거라고. 근데 그걸 해낸 거야. 이 장한 엄마가.(미안해. 오늘은 그냥 봐주라. 엄마가 21년 만에 꿈을 이룬 날이니.)

사람들은 이루고 싶은 꿈이 있으면 꼭 주변인들에게 "나 이거 할 거야." 라고 소문내고 다니면 이루어진다는 얘기가 있었어. 그래서 엄마도 지인분들한테 "나 지금 작가 지망생 공부를 하고 있어. 조만간 책도 출간할 예정이야."라고 말하고 다녔어. 물론 책 출판보다 웹소설로 먼저 꿈을 이루게 되었지만, 순서는 중요하지 않아. 중요한 건 꿈을 이루었다는 사실이니까.

별 볼 일 없던 엄마도 이렇게 열심히 노력해서 결과를 낸 걸 보면, 사람에게는 재능도 필요하겠지만, 더 중요한 건 끝까지 가는 인내와 끈기인 것 같아. 엄마는 이상한 곳에 끈기와 인내가 발동할 때가 많았어. 예를 들어, 미싱으로 인형 만드는 사람을 보면, 엄마는 손바느질로 인형을 만들었어, 십자수에도 광처럼 미쳐 있을 때도 있었어. 의미 없다고 생각하는 일에 가끔 목숨 걸 때가 많았지. 하지만 이번만큼은 제대로 해 보고 싶어.

"불혹에 철들지 못하면 당신의 인생은 진짜 볼품없는 구겨진 종이가 된다."라는 말이 있어. 구겨진 종이가 되기 싫어 노력한 결과, 엄마는 어릴 적부터 꿈꿔 온 꿈을 이루게 되었어.

먼저 꿈을 이뤄 본 선배로서 너한테 알려 주고 싶은 팁이 있다면 말이야. 그건 바로 인내와 끈기야. 물론 노력 안에 포함되어 있긴 하지만, 노력이라는 큰 틀을 이루기 전에 먼저 끈기를 가져 볼래? 노력보다는 조금 쉬운 끈

기부터 연습하다 보면, 언젠가 너도 모르는 사이에 네 꿈에 한 걸음 다가서 있을 거야.

노력과 끈기는 성공으로 가는 길에서 꼭 필요한 요소야. 올림픽 선수들이 매일 수많은 시간을 훈련에 매진하여 자신의 한계를 넘어서려는 모습. 수능시험을 위해 반복된 실패에도 불구하고 꾸준히 공부를 이어가는 끈기. 유명 작가가 되기까지 수없이 많은 초안을 버리고 다시 쓰며 포기하지 않는 과정. 창업 초기의 난관과 실패를 극복하고 새로운 아이디어와 전략으로 다시 도전하는 기업가들의 노력. 이러한 예시들은 엄마에게 그리고 너에게 목표를 향해 끊임없이 도전하는 끈기가 결국 꿈을 이루게 한다는 희망을 보여 줘. 어떤 목표든 포기하지 않고 계속 노력한다면 이룰 수 있다는 메시지를 보여 주기도 해.

사람들이 이런 말을 하는 데는 다 그만한 이유가 있었어. 부모님은 자녀에게 거울 같은 존재라고 하잖아. 부모가 경험해 보지 못한 것을 자녀에게 어떻게 조언할 수 있겠어? 아이가 책을 안 읽는다고 속상해하는 지인에게 엄마는 이런 조언을 해 줬어. "네가 책을 읽는 모습을 먼저 보여 주면, 아이도 따라 읽게 될 거야."라고 말이야. 물론 인내와 끈기가 아주 많이 필요한 일이지.

너는 어릴 때부터 책을 읽어 주면 잘 잤어. 잠자기 전, 책을 몇 권 읽어 주면, 넌 어느새 꿈나라로 떠났지. 엄마의 부단한 노력으로 그렇게 넌 어릴 때부터 책을 사랑하는 아이로 커 왔었지. 이렇게 노력이라는 건 하루아침에 도깨비방망이 휘두르듯 뚝딱하면 나오는 게 아니야. 부단한 시간을 들여 생겨난 결과물이야.

만약 누군가 엄마에게 마지막 소원 무엇이냐 물으면, 가능하다면 그림을 잘 그리는 너와 함께 웹툰을 만드는 것이라고 답할 거 같아. 그게 엄마의 마지막으로 이루고 싶은 소원이야. 엄마의 버킷 리스트 하나 이뤄 주길 바라며, 이제 너랑 옷 사러 나갈 준비를 해 볼게. 매일 사도 옷이 없다는 널 이해할 수는 없지만 뭐 어쩌겠어? 오늘처럼 모든 게 맞아떨어지는 날 사무실보다는 밖이 더 좋을 거 같구나.

마지막으로 꿈을 이루기 위해 노력하는 너에게 포기하지 말라고 얘기하고 싶어. 포기하지 않으면 언젠가는 이루어질 거야. 평범한 주부로 살다가, 21년만에 성공한 엄마도 있으니깐.

너에게도 모든 게 맞아떨어지는 날이 올 거야. 마치 햇살이 구름을 뚫고 나오는 순간처럼, 너의 잠재력이 발휘되는 그날까지 엄마는 열심히 응원할게.

11

변하지 않는 열정

저녁 늦게까지 바스락거리는 소리가 들려 너의 방으로 발길을 옮겼었어. 어머! 이게 웬일이야? 문제집은 침대 위에 여기저기 흩어져 있고, 책상은 온갖 포장지와 띠지로 어질러져 있네. 숙제는 다 했냐고 묻는 엄마의 물음에 "내일 할게."라고 답해서 맞지 않아도 될 매를 맞았지?

덕질의 수위가 점점 올라가는 널 보며 오래전 엄마의 어린 시절을 떠올리게 되는구나. 엄마의 우상이 그려진 책받침 하나를 사기 위해, 엄마는 할머니를 도와 설거지를 하기도 했고, 마사지도 해드리며 용돈벌이를 해 온 적 있었어. 그때의 엄마 모습이 너한테 투영되는구나. 오랜만에 추억에 잠기는 날이야.

엄마도 너처럼 덕질에 푹 빠져 있던 시절이 있었어. 덕질의 기쁨이 얼마나 큰 행복인지 엄마도 잘 알고 있어. 집이 그리 넉넉지 못했던 탓에, 좋아하는 아이돌을 TV로만 볼 수 있었었던 그 시절, 엄마의 가장 큰 소망은 파란 풍선 하나를 손에 쥐는 거였지. 파란 풍선은 엄마가 좋아하던 아이돌 그룹의 상징이었거든. 그 풍선 하나를 사기 위해서, 엄마는 용돈을 아껴 가며 열심히 모았던 기억이 나.

그런 엄마도 이제 나이를 먹었고, 시간은 흘러 그 아이돌 그룹도 해체와 재결합을 반복하며 세월의 흔적을 쌓았어. 그러던 어느 날, 엄마에게 예상치 못한 기회가 찾아왔어. 다시 뭉친 그 아이돌 그룹의 25주년 콘서트를 한다는 거야. 그것도 크리스마스이브에 열리는 뜻깊은 콘서트. 지금은 과거처럼 돈을 모으기 위해 안간힘을 쓸 필요가 없이, 그렇게 바라고 바라던 티켓을 손에 넣을 수 있어 행복했어. 이 기회는 엄마에게 단순한 콘서트 관람 이상의 의미가 있었지.

그것은 엄마가 어릴 적 꿈꾸던 순간들을 마주할 수 있는 시간이었고, 열정과 추억이 가득했던 젊은 시절로 역주행 여행을 시작하는 시간이니까.

드디어 그날이 다가왔고, 들뜬 엄마는 평소보다 준비시간이 훨씬 길어져 촉박한 시간을 맞이하게 되었지. 안 그래도 시간이 부족한데 지하철까지 잘못 탄 탓에 엄마에게 주어진 시간은 단 37분이었어. 평소 뛰는 걸 싫어하는 엄마가 그날은 우사인 볼트처럼 전속력으로 택시승강장까지 뛰어갔어. 하지만 택시는 한 대도 보이지 않았어. 엄마는 좀 더 일찍 출발하지 않은 자신을 원망하며 허허벌판 사거리에서 택시를 잡기 시작했어.

엄마는 '손수건 돌리기' 게임 속 돌려지는 손수건 마냥 거리를 뱅뱅 돌았어. 그때 '빈 차'라는 붉은 글씨가 반짝이는 택시가 보였고, 때마침 횡단 보도의 신호도 파란색으로 바뀌었어. 숨을 헐떡이며 택시에 오른 엄마는 기사님께 서둘러 광명역으로 가 달라고 부탁했어. 이 글을 쓰고 있는 지금도 그때의 짜릿한 순간은 잊히지 않아.

결국 엄마는 10분을 남겨 두고 도착했고, 엄마의 영원한 아이돌 콘서트에 갈 수 있었어. 무사히 열차에 탑승한 엄마는 긴장이 풀렸는지, 이상한 것이 보이기 시작했어. 검은색 신발 밑창 같은 것이 보이는 거야. 앞서 걷던 친구를 부르려던 찰나, 그녀의 오른발이 다른 발보다 현저히 낮은 걸 보게 되었어. 엄마는 조용히 떨어져 나간 밑창을 줍고 열차 칸을 서둘러 빠져나왔어. 엄마와 친구가 눈이 마주친 순간, 상황이 너무 어이없어서 둘 다 크게 웃고 말았어.

사거리를 뺑뺑 돌면서 겨우 택시를 잡은 엄마나 신발창이 떨어지는 황당한 사건을 맞이한 친구나, 참 엽기적이고 파란만장한 하루의 시작이었어. 우리의 꿈의 아이돌을 만나러 가는 길이 참으로 험난 도전이라 생각했어.

하지만 콘서트장에 도착하는 순간, 모든 잡념은 온데간데없이 사라졌고 오로지 앞에 있는 저 5명밖에 보이지 않았어. 오늘의 짜릿하고 기이한 경험들은 엄마에게 잊을 수 없는 또 하나의 추억으로 남았어.

엄마는 한때 자신의 전부였던 그들을 보며 10대 시절로 돌아갔어. 김태우의 재치 있는 유머, 쭌형의 짓궂은 표정, 손호영의 섹시함, 데니의 멋진 랩 솜씨, 그리고 엄마가 가장 좋아하는 계상 오빠의 찐한 다정함. 덕분에 엄마의 2023년 12월 24일 크리스마스이브는 황홀 그 자체로 막을 내렸어. (친구야, 너도 함께해 줘서 고마웠어.)

콘서트가 끝난 후, 엄마는 응원봉을 꼭 쥔 채 집으로 돌아왔어. 그 응원봉은 이제 단순히 아이돌 그룹의 상징이 아니라, 엄마의 삶과 그 속에서의 열정, 그리고 시간을 초월한 사랑의 상징이 되었단다. 엄마는 손에 든 응원봉을 보며 스스로에게 다짐했어. "언젠가 자신만의 '파란 풍선'을 찾을 거라고. 엄마의 열정이 반드시 그것을 찾아 줄 거라고."

엄마는 어릴 적 덕후였다는 사실을 통해 열정을 따르는 것의 중요성을 깨달았어. 그리고 삶에서 진정으로 중요한 것들에 대해 깊이 생각해 보게 되었어.

90년대 댄스곡이 나올 때마다 엄마의 묵직한 몸이 절로 흐느적거리는 걸 보면, 아직도 그때의 덕질 후유증이 남아 있는 것 같아. 포카(포토카드)를 너무 많이 사는 널 혼내긴 했지만, 사실 엄마도 덕질이 그렇게 쉽게 멈춰지지 않는다는 걸 잘 알고 있어. 진정한 덕후라면 말이지.

하지만 어린 나이에 모든 용돈을 덕질에 쏟아부으면 조금 후회할 수도 있어. 엄마도 그 시절에 많은 걸 포기하면서 덕질을 해 봤지만, 지금 돌아보면 조금 더 균형 잡힌 소비를 했더라면 어땠을까 하는 생각이 들어. 덕질은 정말 행복하고 소중한 취미지만, 삶의 다른 부분도 함께 즐길 수 있도록 조금은 조절하는 건 어떨까? 너의 열정을 이해하면서도, 엄마는 네가 다양한 경험을 통해 더 많은 걸 배우면서 커 가면 좋겠어. 엄마가 너를 항상 응원하고 있다는 걸 잊지 말아 줘.

어른이라는 기준으로 세상을 바라볼 때, 가끔은 그 잣대가 자신을 구속하는 것처럼 느껴질 때가 있어. 하지만 어른에게는 어른만의 행복이 있고, 동심에는 그만의 소중한 추억이 있지 않은가? 어른이 되면 삶의 무게를 짊어지고, 어렸을 때처럼 무모한 행동을 하기가 힘들어. 그러나 내가 동심을 가진 어린이든, 철이 든 어른이든, 나는 여전히 변하지 않는 '나'이며, 열정 또한 변함이 없지.

너의 덕질하는 열정이면 아마 세상에서 못해낼 일들이 없을 거야. 엄마는 네가 미래와 다양한 경험을 통해 너의 열정을 찾길 바랄게, 그런데 너의 적절한 덕질에 동의한다고 해 놓고, 비싼 앨범을 이 야밤에 주문한 엄마도 정상은 아닌 것 같아.

쉼표가 필요한 시간

✦

물질적 과부하와 불면증의 상호작용

최근 대세 배우이자 아이돌, 차은우를 보는 것이 엄마의 삶의 낙이 되어버렸어. 박진영의 노래 가사 중 "어머님은 누구니?"라는 가사가 진심으로 와닿게 한 사람이야. 어떻게 사람이 이렇게 잘생길 수 있을까? 세밀하고 정교하게 빚어진 저 얼굴을 보노라면, 마음이 진정될 기미가 안 보여.

한 예능에서 인간 완전체라고 불리는 차은우도 잠 못 이루는 밤이 있다고 얘기했어. 얼굴도, 직업도, 어느 하나 부족함이 없는 그도 늘 스트레스와 고민으로 인해 불면증에 시달린다고 해.

그러니 지극히 평범한 엄마의 불면증은 어쩌면 당연한 일인지도 몰라. 가진 것이 많은 사람은 그것을 지키기 위해 노력하고, 가진 것이 없는 사람은 그것을 얻기 위해 부단히 노력하지. 그들은 외부로부터 기대와 압박을 받으며, 또 다른 자신의 욕구와 목표를 달성하기 위해 고군분투하기도 해. 그렇기에 우리가 보기에 모자람 없어 보이는 연예인들조차도 불면증으로 고통받는 모습을 볼 수 있어.

외적인 화려함 뒤에 숨겨진 내면의 고민, 그리고 그것을 극복하기 위한, 그들만의 노력이 있음을 알 수 있어. 이렇게 차은우의 이야기를 통해 엄마는 모든 이들이 각자의 방식으로 삶과 맞서고 있음을 이해하게 되었어.

결국 가진 자와 가지지 못한 자 모두에게 중요한 것은 마음가짐이야. 달리기 경주에서 스스로 가장 빠르다고 느낄 때, 사실은 넌 뒤에 있는 자를 봤을 거야. 스스로 느리다고 느꼈을 때 네가 앞만 바라보며 달렸을 뿐이야. 결국 중요한 건 자신의 기준으로 남과 비교하며 집착했다는 거야.

결국 주변 상황이나 다른 사람들과의 비교에 휘둘리지 않을 때, 비로소 자신이 가진 것이 충분한지 부족한지를 알게 돼. 남들이 빨리 먹을 때, 너도 같이 빨리 먹으면 체하고 말아. 그러니 자신의 인생은 자신의 속도에 맞춰 걸어가야 하며, 때로는 쉬어가는 것이 중요함도 알아야 해.

식물은 뇌가 없음에도 DNA를 통해 자신을 재생산한대. 반면, 뇌를 가진 인간은 자신의 DNA를 활성화해 더욱 뛰어난 인간을 만들기도 하고, 때로는 잔인한 인간을 만들어 내기도 해. 뇌가 없는 식물이 합성을 통해 더 좋은 식물로 개발되는 것처럼, 뇌를 가진 인간들도 나은 방향으로 나아가기도 하고 때로는 부정적인 방향으로 나아가기도 해.

이처럼 뇌의 양극성은 인간에게 긍정적인 변화를 줄 수 있지만, 부정적인 방향으로 나아갈 때도 있어. 예를 들면 지나친 스트레스와 압박은 불면증을 유발하는 것. 그러니 자신에게 지나친 스트레스를 주거나 자신을 너무 옥죄지 않아야 해. 그러므로 뇌의 좋은 점을 활용하여 자기 관리와 휴식에 힘써야 한다는 것도 좋은 방법이야.

　글을 쓸 때 가끔 쉼 표식을 써야 할 때가 있어. 가장 주된 목적은 문장 내에서 잠깐의 멈춤을 제공하여, 읽는 이가 글의 흐름을 더 잘 이해하도록 도울 때 쓰거든. 또 잠깐 한 템포 쉬고 새로운 문장을 시작할 때 쓰이기도 해.
　글 속에서도 그렇듯, 쉬는 시간의 의미는 삶에서의 휴식에도 많은 영향력을 치우쳐. 기계조차 쉬지 않고 돌아가면 과열되고 고장 나듯, 삶도 끊임없이 달려가면 지치고 힘들어지기 마련이지. 그러니 쉬어가는 것이 그다음 템포의 원동력이 되어 더 값진 삶을 위한 에너지가 되는 거야.

　어쩌면 가장 좋은 휴식은 뇌를 쉬게 하는 거야. 그러려면 수면의 질을 높여야 해. 불면증에 시달리는 사람들의 공통점이 바로 생각이 많다는 거야. 생각을 멈추고 편하게 누워서 잠을 청하려고 하지만, 말처럼 쉽지 않거든. 그래서 연예인들도 수면제를 복용하는 게 아니겠어? 엄마는 수면제 대신 술을 마셔서 효과를 보기는 했지만, 둘 다 좋은 방법은 아닌 듯해. 내성이 생기면 그로 인한 결과는 매우 심각할 수 있으니.

그럴 일은 없겠지만 만약 어른이 된 네가 불면증이 심해지는 날이 있으면 이 얘기를 기억해 줘. 사람은 언제나 쉬면서 앞으로 나아갈 준비를 하는 거야. 그러기 위해서 자신을 편하게 쉬게 해주는 것만이 너를 위한 것이라는 걸. 엄마도 요즘은 불면증이 사라진 거 같아. 딱히 어떤 방법은 아니지만, 깊은 생각을 잠시 멈추고 휴식에만 집중하니 잠이 오더라고. 아마 이 방법이 가장 쉽고 간단할 거야.

삶을 가장 재밌게 즐기는 방법은 너무 급하게 앞으로 나아가는 것이 아닌, 천천히 쉬어가며 즐기는 것이야. 결국 쉬어가는 건 삶을 멈추는 것이 아닌, 앞으로 나아갈 수 있는 원동력을 비축하는 시간인 거야. 딸아, 지금은 잠시 원동력을 비축하는 시간을 가지는 건 어떨까?

오늘은 너의 핸드폰이 변기에 빠지면 어떨까? 하는 생각이 들게 하는 날이야. 핸드폰 잠금장치도 뚫을 만큼 똑똑한 머리를 학업에 써 주면 얼마나 좋을까? 핸드폰을 내려놓고 너에게도 휴식을 좀 줘야 하지 않을까? 엄마는 네가 과부하가 올까 두렵구나. 오늘도 냉장고의 얼음을 씹으며 엄마의 화를 누르고 있구나.

겨울 /

가깝고도 먼 모녀 사이,
그 틈을 싹틔우게 할 '애착 씨앗'

여름 & 겨울 묘미

✦
다름을 아는 순간, 서로를 인정하게 된다

사람은 모두 각기 다른 모습으로 태어나며, 저마다 독특한 외모와 성향, 다른 습성을 가지고 있어. 그런데 많은 부모는 자녀가 자신과 비슷한 사람이라고 생각해. 엄마도 그중 한 명이었지.

손재주가 좋은 엄마는 신발 끈조차 혼자서 묶지 못하는 너의 모습이 안쓰러워. 그리고 금방 한 말을 잊어버리는 너의 기억력을 보며, 왜 엄마의 유전자가 너에게는 미치지 않았는지 궁금할 때가 많아. 사춘기가 시작된 이후로 엄마와 너는 다툼이 부쩍 많아졌고, 그럴 때마다 잔소리가 이어지며 다툼이 끊임없이 반복되었어. 그러다 보니 서로 오해와 갈등이 쌓여 멀어지는 경우가 빈번했지.

하원한 네가 멍하니 앉아 있는 엄마를 보며 "어떻게 비 오는 날마다 창문 앞에서 똑같은 자세로 꼼짝달싹하지 않을 수 있어?"라고 의아해하며 물은

적 있었지? 엄마는 비가 내리는 여름이 좋아. 유리창에 부딪히는 비를 바라보며, 쓸쓸함과 외로움을 느끼는 건 나름 즐겁거든. 비가 그친 후 땅에서 올라오는 흙냄새는 덤이고, 만약 무지개까지 나타난다면 그날은 완벽한 하루가 되는 날이지.

비가 내리는 모습은 마치 하늘이 인간의 슬픔을 함께 나누듯 울고 있는 것 같아. 사람이 슬플 때 울 듯이, 하늘도 슬퍼서 비를 내리는 것이 아닐까? 하는 다소 재밌는 상상도 해 본 적이 있어. 비 내리는 날은 엄마가 평소에는 생각하지 못하는 여러 가지 생각에 잠겨, 일상을 벗어나 활력을 찾게 해 주지.

엄마와 달리 너는 눈이 오는 겨울을 좋아하지. 눈이 내린 모습으로 인해 마음이 깨끗해지고 행복해진다고 얘기했지? 네가 눈싸움하고 눈사람을 만들 때, 오는 기쁨을 행복으로 표현한 것 같아. 더 깊이 물었을 때, 넌 온 세상이 흰 눈으로 덮인 모습이 마치 깨끗한 백지와도 닮아서 좋다고 했어. 어쩌면 그 순순하고 깨끗한 세상을 볼 수 있었던 건, 너의 순순하고 때 묻지 않은 감성 덕분일 거야.

비와 눈은 '물'이라는 공통된 특징을 갖고 있지만, 형태에 따라 보이는 것이 다르듯, 우리의 마음도 시각적으로 건드려지는 데에 따라 각기 다르다는 걸 알 수 있어. 마음의 느끼는 감정도 그러해.

슬픔, 행복, 기쁨, 분노 등 모든 감정의 다른 것처럼, 물이 비가 되어 내리는 것과 물이 눈이 되어 내리는 것은 같은 물질이지만, 그 형태와 느낌은 전혀 달라. 각기 다른 형태로 나타나는 물질의 상태는 마음 상태와 유사해. 비의 상징은 쓸쓸함과 외로움. 눈의 상징은 순수함과 행복. 같은 원소에서 시작되어도, 그들이 우리에게 전해주는 느낌과 의미는 다양하지. 마치 너와 엄마의 좋아하는 계절이 다른 것과도 같이 말이야.

결국 엄마와 너는 추구하는 것과 잘하는 것이 다를 뿐, 서로를 향한 사랑의 마음은 같잖아. 비록 그 사랑의 표현 방식이 조금 다를지라도, 우리 사랑의 시작되는 원소는 같다고 생각해. 너도 그렇게 생각하지?

인생은 때로는 코미디처럼 가볍고 웃음이 넘치다가도, 어느 순간 진지하고 슬픈 드라마로 변하기도 해. 마치 계절의 변화처럼 우리의 마음도 그 순서가 뒤바뀌듯 여러 감정 사이를 왔다 갔다 할 때가 많아. 그 어려운 순간들을 여름과 겨울의 전환에 비유해 보면 어때?
추운 겨울이 지나가길 바라며 따뜻한 여름을 기다리듯, 어려웠던 순간들이 지나가고 나면, 마음이 설레고 기분이 좋아지는 시기가 찾아올 거야. 그리고 새로운 감정과 도전이 너를 또다시 겨울을 향해 인도할 거야. 그래도 다시 돌아올 여름을 기대하며, 겨울과 맞서 싸우는 것 또한 괜찮은 방법이야. 결국 힘든 시기는 지나가고 기쁨이 찾아올 거야.

인생의 계절이 바뀌듯이 우리의 감정도 변화해. 그 모든 변화가 우리를 성장시켜 깊이 있는 인간으로 만들어 가게 돼. 서로를 이해하고 받아들이는 과정이 한순간에 이뤄지지 않지만, 서로 다름을 아는 순간 서로에 대해 인정하게 될 거야. 인정을 통해 우리는 더욱 강해지고 사랑 또한 깊어진다는 것을 기억해 줬으면 좋겠어. 엄마도 노력할게.

비록 오늘도 우리는 티격태격이지만, 사랑은 같은 원소에서 시작되듯이 다름을 인정하고 다시 사랑하자.

시대를 넘나드는
고지식함의 변화

엄마는 매우 엄격한 할아버지 밑에서 자라며, 규칙을 잘 지키는 삶을 살아왔어. 그런 엄마에게 너는 참 힘든 아이였어. 틀을 자꾸 깨려고 하는 너는 엄마가 감당하기에 너무 벅찼어. 학교에서 돌아오면 숙제를 먼저 하고, 친구들이랑 놀아야 한다는 엄마의 규칙은 너한테는 통하지 않았어.

갑자기 염색하고 싶다고 할 때, 엄마가 얼마나 놀랐는지 너는 모를 거야. 너무 무분별하게 행동하는 아이로 자라지 않을까 하는 걱정이 들었거든. 너에게 돈을 관리하는 습관을 들이려고 용돈을 줬는데, 그 돈으로 화장품을 사들여 엄마를 또 놀라게 했지. 네가 하는 행동이 요즘 애들 사이에서 일반적인 건지 감이 잡히지 않아 주변 엄마들에게 상담을 해 본 적도 있어. 그들도 비슷한 경험을 했다며, 아이에게 관심을 잠시 거두어도 괜찮다는 얘기를 듣고 마음이 조금 가벼워졌어.

졸업앨범을 준비할 때도 넌 예외는 아니었어. 친구들과 어떤 콘셉트로 찍을지, 어떤 옷을 입을지 서로 열띤 토론을 벌이는 너를 보며 단호하게 말했지. "졸업사진은 학창 시절을 대표하는 중요한 기록이기에 단정히 찍어야 해. 너희들이 연예인도 아니고, 학생 신분으로서 할 수 있는 것만 하라고."

이 말을 듣고 너는 엄마의 생각 자체가 너무 고지식한 거라고! 주변 친구들 엄마들은 염색하고 화장해도 아무 얘기 안 한다고, 엄마는 시대에 뒤떨어졌다며 화를 버럭 냈었지. 어쩌면 세대 간 차이 때문에 엄마의 보수적인 면을 네가 이해하기 힘든 것도 사실이야.

다음날, 출근길에서 보았던 네 또래 아이들의 무지갯빛 머리색과 화장을 보고 나서 비로소 깨달았어. 엄마의 세대와 너의 세대는 서로 다른 속도로 변화하고 있었다는 걸. 엄마의 관점을 주장하기보다 너의 관점을 이해하려 노력했어야 했다는 걸 또한 깨우쳤어. 이것이 바로 그동안 듣기만 했던 소통 부족이었구나.

존 데레의 창업자는 변화에 저항하는 경영진의 고지식함 때문에 초기에 새로운 기술 도입과 혁신에서 뒤처졌지만, 결국 이를 극복하고 성공의 길로 이끌었다는 사례로 종종 언급된 적 있어. 처음에는 경직된 자세가 기업 발전의 장애가 되었으나, 나중에는 이를 극복하고 크게 성장했었다고 해.

이처럼 역사적으로 고지식하다고 여겨지더라도, 중요한 업적을 남긴 사람들도 많아. 때때로 그들의 고집이나 전통적 가치에 대한 깊은 신념은 변화를 추구하고 큰 발전을 이뤄 내는 원동력이 되기도 해. 비록 직접적으로 '고지식한' 사람들을 위인으로 범주화하는 것은 주관적일 수 있으나, 전통적 가치를 고수하면서도 중요한 역할을 한 인물들은 분명히 존재한다는 얘기야.

그러니 고지식함이 단점만 보지 말고 장점도 있다는 걸 알아주면 좋겠어. 이제 엄마도 고지식함의 단점을 인정하고 변화를 맞이해 볼게. 고지식함이 가진 단점을 버리고, 그 안에 숨겨진 깊은 원칙과 가치의 장점을 보존하면서 너와의 소통을 전제로 이해하도록 노력할게. 너도 고지식함이 때로는 발전과 혁신으로 이어질 수 있다는 것을 인정하면 좋겠어. 우리의 다름을 인정하고 서로의 관점에서 배우려는 노력이 우리 사이의 소통을 더욱 풍부하게 만들 거야.

이런 인물들은 각자의 분야에서 강한 신념과 전통적 가치를 바탕으로 행동했으며, 때로는 그들의 고지식함이 대단한 성취를 이루는 데 중요한 역할도 해. 그러나 그들의 접근 방식이 항상 현대적 시각에서 긍정적으로 평가받지는 않아. 마치 네가 엄마를 고지식하다고 표현하듯 말이야. 사람들은 언제나 동일한 사물에서 장점 및 단점을 분별하기 마련이야.

그렇게 두 가지 측면을 발견하더라도, 그 사물의 본질은 변하지 않듯이 네가 변하지 않는다면 엄마는 아마 네가 염색하거나, 화장하든, 문제 삼지 않을 거 같아. 그러니 고지식함의 유연하지 못한 단점과 새로운 정보에 대해 열린 마음을 가지지 못하는 태도를 고쳐 나가 볼게.

그러니, 오늘은 염색만 허락할게. 아직 고쳐야 할 점이 많은 엄마한테 화장은 받아들이기가 힘들구나! 서서히 하나씩 이해해 나갈게. 그러니 너무 고지식하다고 얘기하지 말아 줘. 고지식한 사람이 삐지면, 그만큼 오래 가는 것도 없더라.

스킨십 좋아하는 딸
& 스킨십 싫어하는 엄마

학원에서 돌아온 네가 갑자기 우리 가족이 너무 화목해서 좋다고 이야기했을 때, 엄마는 당황하기도 하고 머쓱하기도 했어. 다른 가족의 사정은 잘 모르지만, 엄마는 우리가 남들보다 더 행복한 가족이라고 생각해. 물론, 스킨십에 서툰 엄마지만, 사랑만큼은 그 누구에게도 뒤지지 않을 자신이 있으니까.

네가 친구 집에 놀러 갔을 때, 친구와 그 아빠 사이의 서먹한 모습을 보고 우리 가족의 관계를 다시 생각해 봤다고 했지? 네가 아빠와의 사이도 누구보다 자신 있게 말할 수 있다고 했을 때, 엄마는 정말 기뻤어. 그런데 네가 아빠의 사랑이 엄마보다 더 크다고 이야기했을 때, 엄마는 절대 동의할 수 없었어.

스킨십이 적다고 하여 사랑의 크기가 작다고 생각하지 않았으면 좋겠어. 엄마는 항상 너를 사랑하고, 네가 행복하기를 바라고 있어. 엄마의 사랑 방식이 다를 뿐이지, 그 사랑의 크기는 절대 작지 않아.

어릴 때도 항상 사람에게 붙어 있었고, 잠을 잘 때마저 안고 있어야만 했지. 서슴없이 아빠 품에 안기는 너를 보며, 아빠 친구가 부러워한 적이 있었어. 자기 딸은 절대 안기지 않는다며 섭섭해하는 모습마저 보였거든.

이 모든 경험은 가족 간의 사랑과 스킨십의 중요성을 너에게 깊이 인식하게 해 줬어. 네가 경험한 것처럼, 스킨십과 긍정적인 관계는 정서적 안정감을 주고, 사랑받고 있다고 느낌을 들게 하지.

너와는 달리 스킨십을 좋아하지 않는 엄마는 다른 사람을 터치하는 것도, 다른 사람이 엄마를 터치하는 것도 즐기지 않아. 거기에 너도 포함되지만, 엄마의 성향 차이니 이해 부탁해. 엄마는 그저 다른 방식으로 너를 사랑하고 있는 거야. 표현을 잘 못할 뿐이지 엄마의 마음속에는 네가 아주 크게 자리 잡고 있단다.

이런 상황을 이해하는 데 도움이 될 만한 예로, 세계적으로 유명한 작가이자 공인인 프란츠 카프카를 들 수 있어. 카프카는 그의 작품에서 인간의 고독과 소외를 많이 다뤘는데, 이는 그의 개인적인 성향과도 연결되어 있어. 그는 사람들과 깊은 관계를 맺는 것을 어려워했지만, 그렇다고 해서 그가 사람들을 사랑하지 않았다는 것은 아니야. 오히려 그는 자신의 방식으로 깊은 애정을 표현했지. 그의 작품을 통해 많은 사람에게 감동을 주었고, 이는 그가 가진 깊은 감정의 표현이었어.

엄마도 마찬가지야. 엄마는 스킨십이 아닌 다른 방식으로 너를 사랑하고 있어. 네가 학교에 갈 때 챙겨주는 물, 네가 아플 때 밤새며 간호하는 정신, 네가 힘들어할 때 건네는 따뜻한 말 한마디, 이 모든 것이 엄마 나름의 사랑 표현이야.

그러니 서로의 사랑 표현 방식을 이해하고 존중해 주는 것이 중요하단다. 너도 엄마의 마음을 이해하고, 엄마도 너의 마음을 이해하면서 우리는 더 깊은 관계를 만들어 갈 수 있을 거야. 엄마의 사랑은 말로 표현하기 어려운, 무형의 형태로 네 일상에 스며들어 있어. 이 사랑은 너의 삶 속 작은 순간들에서 발견할 수 있지. 그것은 네가 매일 아침 눈을 뜰 때부터 잠자리에 들기까지, 네가 느끼지 못하는 사이에도 항상 네 곁에 있단다.

너의 성장을 지켜보며, 네가 스스로 문제를 해결할 수 있도록 격려하고, 때로는 뒤에서 조용히 너를 응원하는 것도 모두 엄마의 사랑에서 비롯된 것이야. 이렇게 엄마의 사랑은 항상 네 주변에 존재하며, 네가 성장하고 변화하는 모든 순간을 함께해. 때로는 눈에 보이지 않아도, 엄마의 사랑은 네 삶을 따뜻하게 감싸고 있으니, 그 사랑을 느끼며 힘차게 나아가길 바란단다.

엄마의 사랑은 우렁각시와 닮아 있어. 네가 원하는 것을 눈치채지 못하게 만들어 주는 존재. 가끔 투덜거리면서도 네가 원하는 것을 전부 들어주려 애쓰는 존재.

어느 날, 따뜻한 눈빛으로 너를 바라보며 "너를 위해 못 할 것이 없어."라고 말했어. 그 말에 넌 의미심장한 미소를 지으며 "그럼, 100번 안아 줘."라고 말했지. 그 순간, 엄마는 마치 덫에 걸린 쥐처럼 당황한 표정을 지었어. 잠깐의 침묵 후, 엄마는 급히 말을 정정하며 "그걸 빼면 모든 건 다 가능해."라고 말했고, 그 말에 둘 다 웃고 말았지. 엄마와 너 사이의 그 따뜻하고도 유쾌한 순간은, 사랑과 웃음이 어우러진 아름다운 추억으로 남았어.

그러다 문득 친구의 말이 떠올랐어. "아이를 안아 주고 스킨십을 많이 해 줘. 그러다 아이가 정서적으로 사랑을 못 받았다고 생각할 수 있어. 표현하지 않으면 아무도 몰라."

사랑을 표현하는 방식은 사람마다 다를 수 있어. 어떤 이는 포옹과 신체적 접촉을 통해 사랑을 표현하는 반면, 말을 통해 자신의 감정을 전달하는 사람도 있지. 이렇게 엄마처럼 글을 통해 전하는 경우도 있고.

사랑의 본질은 상대방을 이해하고, 존중하며, 지지하는 것에 있어. 우리가 사랑을 표현하는 방식은 달라도, 그 궁극적인 목표는 같아. 서로를 향한 애정과 배려, 그리고 함께하고자 하는 마음이지. 이러한 관점에서 볼 때,

사랑의 표현 방식의 차이는 단지 작은 차이에 불과해. 그 차이를 이해하고 받아들이는 건 우리가 서로를 더 깊이 사랑하는 방법이기도 해.

　엄마는 너를 위해 언제나 최선을 다하고 있어. 조금씩 더 많이 안아 주고, 너에게 더 많은 사랑을 표현하려고 노력하고 있단다. 엄마의 사랑은 항상 너와 함께하고 있다는 걸 잊지 말아줘.

서로의 지팡이

엄마는 아빠를 정말 사랑해. 갑자기 왜 뜬금없는 고백이냐고? 실은 엄마가 아빠한테 조금 미안한 게 있거든. 아빠를 만난 지 20년도 지났지만, 엄마는 남들처럼 아빠랑 손잡고 걸어 본 기억이 몇 번 안 되더라고. 땀이 많은 체질이라 손잡는 걸 싫어하는 엄마를 배려해, 아빠는 엄마랑 손잡는 것을 자제해 왔던 거야. 하여 오래된 나쁜 습관을 고쳐 보려고 해.

학원에 간 너를 기다리며, 엄마는 항상 가는 커피숍으로 발길을 옮겼어. 커피 한 잔을 시켜 놓고 창밖의 흘러가는 사람들의 모습을 바라보며 시간을 보내고 있었지. 그렇게 멍하니 바라보던 중 엄마의 눈길을 사로잡은 장면은 한 노부부가 두 손을 꼭 잡고 걷는 모습이었어. 재밌는 얘기를 나누는지 할머니 얼굴에는 웃음꽃이 만발했어.

세월의 수많은 풍파 속에도 쓰러지지 않고, 살아남은 사랑의 승리자라도 된 듯, 그 장면이 엄마에게 큰 감동을 주었어. 그 모습이 어찌나 아름답고 우아해 보이던지, 아직도 엄마의 머릿속에 그때 노부부의 모습이 잔상으로 남아 있을 정도야. 사랑의 모습은 다양하고, 시간이 갈수록 그 깊이는 더욱 깊어진다는 걸 새삼 깨닫게 해 주는 장면이었어. 엄마 또한 그러한 사랑을 키워 나가고 싶다는 생각을 갖게 만들어 준 장면이기도 했어.

지금에 와서야 깨닫게 되었어. 어쩌면 그날 두 분이 잡은 손은 단순한 사랑의 표현을 넘어 서로를 지탱해 주는 든든한 지팡이 같은 존재가 아닐까 싶어. 때로는 울적한 세월을 함께 지내온 동지로서의 의리로, 때로는 서로를 사랑해 왔던 그 시기의 아름다운 추억으로, 노부부는 그렇게 지팡이 대신 서로의 손을 잡고 걷지 않았을까? 그들이 서로의 손을 꼭 잡은 모습에서 시간을 함께 거슬러 온 깊은 연대감과, 서로에 대한 믿음을 보였어. 그리고 서로가 서로에게 제공하는 정신적 지지와 서로를 향한 무한한 신뢰의 상징 또한 보게 되었어.

엄마는 아빠에 대한 신뢰가 부족했나 봐. 땀에 젖은 엄마 손이 아빠에게 불편함을 줄까 봐 걱정이 앞섰던 것 같아. 하지만 그런 불안감을 제치고, 이제는 조금씩 마음의 문을 열고 세상과 소통하려고 해. 그 첫걸음이 바로 아빠와 손잡기를 택한 거야. 이렇게 작은 시도가 엄마 스스로에 대한 신뢰를 높여 주고, 두려움을 극복하는 계기가 될 거야.

요즘 사춘기로 힘들어하는 너의 모습을 자주 보게 되는구나. 사춘기의 변화를 겪으면서 자신감이 흔들리고, 자신에 대한 신뢰도도 점점 떨어지기도 하지. 또 타인과의 관계에서도 끊임없이 틀어지게 되는 상황도 발생할 거야. 하지만 엄마가 아빠와의 관계에서 그랬듯이 작은 시도와 변화부터 시작해 보는 것도 좋을 거 같아. 조금씩 너에 대한 신뢰를 쌓아 가는 거야. 그 과정에서 너만의 속도를 찾아 성장해 나가면, 너를 이해하고 받아들이는 법을 배워가게 될 거야.

사람과 사람 사이의 관계에 있어서, 엄마는 여전히 안정적인 거리를 유지하며 조심스럽게 접근하는 편이야. 하지만 이것 또한 엄마의 속도를 찾아 성장해 나가는 방식이고, 스스로 보호하기 위한 방식이란 걸 인식하고 있어.

모두 같은 속도로 나아갈 수 없어. 그러니 너만의 방식으로 세상과 소통하고 관계를 맺으며, 자신감을 쌓고 세상을 향해 당당히 걸어가면 좋겠어. 예상치 못한 좌절과 예상치 못한 고난이 올 때도 있겠지만, 그럴 때일수록 자신을 향한 무한한 신뢰와 믿음으로 이겨 나가 봐.

오늘은 어쩐 일인지 베개를 안고 안방으로 돌진했구나. 엄마랑 함께 자고 싶어서일까? 에어컨이 없는 네 방이 싫어서일까? 이유가 뭐든 어떠한가? 뭐라도 좋아. 엄마는 네가 와 준 것 자체가 행복이니까.

너의 잠자리가 불편하지 않게 모든 불을 꺼두고, 엄마도 함께 잠자리에 들기로 했어. 홀로 잘 때 캄캄한 천장은 항상 무서울 정도로 암흑이 드리워져 있었어. 하지만 오늘 안방 천장은 마치 별이 반짝이듯 밝아 보여. 엄마의 또 다른 별, 애완 토끼도 잠든 듯 조용하구나. 이 평화로운 밤이 내일도 이어지길 바라며 엄마도 꿈나라로 가 볼게.

같은 곳 다른 느낌

집에서 사무실이 전부인 엄마에게도 여름이 너무 빠르게 다가오는 걸 느꼈어. 반소매를 입고 나왔음에도 너무 덥구나. 마치 날씨가 '너만 여름이 다가온 걸 몰라.'라고 비웃기라도 하듯, 엄마에게만 햇볕이 집중적으로 내리쬐는 것 같았어. 날씨마저 여름이 왔음을 알리는구나.

여름이면 바다가 생각나는 건, 유일하게 엄마와 네가 통하는 마음이지. 어김없이 바다가 그리운 엄마는 제주도에 너무 가고 싶어. 제주도가 신혼 여행지인 건 알고 있어? 그때 엄마는 딩크족이었지만, 만약 아이를 갖고 싶어지면 아들을 낳길 원했거든. 그 생각에 돌 할아버지의 코를 그냥 사정없이 만졌단다.

옛날 어르신들은 돌 할아버지 코를 만지면 아들을 낳아 대를 이을 수 있다고 했었어. 그 말은 믿은 엄마가 진짜 열심히 만졌던 기억이 나. 그때의 결과가 긍정적이었는지, 아니면 역효과인지는 확실치 않아. 당황스럽게 넌 딸임에도 불구하고 아들을 키우면서 겪을 만한 사건 사고를 경험하게 해 줬지.(아들 엄마들도 깁스 12번은 경험해 본 적이 없대.)

　제주도는 많이 가 봤고, 갈 때마다 다른 사람과 함께 했어. '같은 옷 다른 느낌'이란 말은 엄마보다 네가 더 잘 알 거라 믿어. 같은 옷이라도 수지가 입느냐, 엄마가 입느냐에 따라 천차만별인 것처럼. 같은 곳을 여행할 때도, 동행하는 사람에 따라 엄마에게 주는 느낌도 각각 달랐어.

　22살에 떠난 첫 제주도 여행은 그야말로 기대 만발이었어. 열심히 일만 하던 시절이라, 여행은 참으로 오랜만에 주어진 휴식이었어. 바깥 공기도 마시기 힘들었던, 엄마가 제주도에 가다니 촌뜨기를 벗어났다는 생각에 얼마나 설렜는지 몰라. 아빠는 면허가 있었지만, 장롱 면허인 탓에 우리는 기사분과 함께 제주도를 구경해야만 했어.
　엄마는 생전 처음 그렇게 맑고 깨끗한 바다를 보았어. 그때 심정은 여기가 판타지 세계인가 싶었어.(비웃지 말라. 사람은 항상 처음 경험하는 것은 황홀함의 극치니깐.) 엄마는 미지의 세계를 상상하는 걸 아주 즐겨. 바다를 보고 웹소설 속 주인공처럼 새로운 세상이 눈앞에 펼쳐진 것 같다면, 엄마의 상상력은 풍부하고 창의적인 걸까? 물론 이상하다고 하는 분들이 대다수이기는 하겠지. 그래도 뭐 엄마는 아주 만족스러운 첫 제주도 여행이었어.
　엄마의 첫 제주도 여행의 테마는 판타지였어. 현실 생활에서 보기 힘든 맑고 투명한 바다, 끝없이 펼쳐진 바다 위에 비친 푸른 하늘, 그리고 울창한 숲과 들판은 엄마에게 새로운 세상의 문을 열어 주었어. 문을 여는 순간, 그 속에 빨려들어 마치 판타지 소설 속 주인공이 된 듯한 기분이 들었어. 일상의 고단함을 잊게 해 준 고마운 여행이었지.

두 번째 제주 여행은 너의 친할아버지, 친할머니와 함께했어. 요즘 드라마에서 자주 보이는 고부 갈등이나, 시댁 문제 같은 건 우리 가족에게는 먼 이야기였어.

할아버지는 늘 아빠한테 옆집 누구는 결혼하고 바로 애 생겼다며 에둘러 손주를 갖고 싶은 맘을 얘기하셨지. 돌고래 쇼를 보러 간 공연장에서, 한 꼬마가 스스럼없이 할아버지 무릎에 앉는 거야. 손주를 바랐던 할아버지는 그날 공연이 끝날 때까지 아이와 함께 했었지. 우연인지 필연인지는 모르겠지만, 그리고 2년 뒤 네가 태어난 거야.

그날 저녁, 할아버지와 애주가인 엄마는 함께 술을 마셨어. 시대가 변하기는 해도, 시아버지와 맞술하는 며느리는 극히 드물 거야. 그만큼 사이가 좋았다는 걸 의미하지. 엄마는 아직도 그날 할아버지가 해 주신 말씀을 잊을 수가 없어.

"나도 할아버지가 되고 싶긴 하지만, 그건 오로지 내 생각뿐이야. 너희 둘이 잘 살다가 생각이 나면 나한테 한 놈만 안겨 주면 되니 스트레스받지 마."

이 말은 엄마에게 엄청난 감동을 주었어. 딩크족 며느리를 이해해 주신다는 얘기로 들렸거든. 그렇게 뙤약볕을 막아 주는 양산 같은 할아버지의 말씀으로, 엄마는 아주 말랑말랑하고 달콤한 가족여행을 하게 되었지.

제2의 제주 여행의 테마는 이해였어. 만약 할아버지가 엄마의 딩크족으로서의 선택을 이해하지 못하고, 계속해서 자녀를 가질 것을 압박했다면, 엄마는 사랑스러운 널 만나기는 힘들었을 거야. 가족의 그런 기다림이 있었기에, 우리는 지금 행복한 순간들을 맞이할 수 있었어. 이 모든 건 서로를 이해하고 기다려 준 덕분에 낳은 결과였어.

세 번째 여행은 우리 가족만의 특별한 여행이었어. 신혼여행으로 둘만 왔던 그곳에 세 명이 함께 한 거야. 마음이 새롭고 상큼해지기도 하고, 돌 할아버지 앞에서 장난스럽게 투정을 부리기도 했지. 이왕 아들을 주시지 않을 거라면 조용한 딸을 주시지, 겉모습은 여자아이지만 마치 사내 같은 아이를 주셔서 엄마는 늘 불안하다고, 어떻게 해야 하냐며 말이야.

제3의 제주 여행의 테마는 정화였어. 이전 어른들과 함께했던 여행들과는 달리, 너와는 순수함이 묻어나는 곳들만 방문했어. 그곳에서 보낸 시간으로 인해, 엄마는 마음의 정화를 선물 받았어. 사회생활로 인해 어두워진 마음이 맑게 씻겨 나가는 마법 같은 경험을 느꼈어. 이처럼 단순한 가족과의 여행은 가족 간의 사랑과 이해를 더욱 깊게 해 주었어.

마지막으로 친구와 함께한 여행이었어. 조용한 엄마와는 달리, 엄마 친구들은 너와 비슷한 극강의 에너지를 가지고 있어. 왜 그런지 알 수 없지만 말이야. 어쨌든 그렇게 에너지가 높은 친구들과 함께하는 24시간은 즐겁지만, 그로 인해 엄마는 48시간의 휴식을 취해야 한다는 대가가 따르기도 했어.

하지만 이번 2박 3일의 제주도 여행은 엄마에게 지치지 않고 행복한 나날을 보내게 했어. 아빠와의 여행처럼 바다낚시 체험도 아니고, 친할아버지와 함께하던 느긋한 템포도 아니며, 너와의 동심을 느끼는 그런 따뜻함도 아닌, 오로지 친구와 함께하는 힐링이었어.

1박2일 여행은 친구들과 많이 가 봤지만, 이렇게 장기간의 여행은 엄마에게도 처음이었어. 지루하지 않을까 걱정했지만, 그건 엄마의 큰 오산이었어. 지루할 틈이 없었지. 이번 여행은 앞서 3번의 여행과는 달리 1분 1초가 꽉 짜여 있는 여행이었어. 준비성이 최고인 친구를 둔 덕분에 엄마는 편히 따라다니며 누리기만 하면 되었지. 그럼에도 힘들거나 지치지 않았어.

웃음소리는 끊임없이 엄마 귀에 들렸던 건 그만큼 기쁘고 즐거웠다는 의미 겠지?

　마지막 제주 여행의 테마는 추억이었어. 그녀는 엄마에게 추억을 남기는 방법을 알려 주었어. 사진 찍는 걸 무지 싫어하는 엄마에게 사진의 중요성을 알려 준 친구였어. 사진은 추억을 담을 수 있는 유일한 저장소인 걸 알게 되었어.

　마음속의 추억은 혼자서 회상하며 그 당시의 감정을 다시 느낄 수 있지만, 다른 사람에게 보여 줄 수 없는 한계가 있잖아. 하지만 사진으로 남긴 추억은 달라. 사진은 단순한 이미지 이상의 가치를 지니고 있어. 사진을 통해 그날의 기쁨과 감동을 다른 사람과 함께 공유할 수 있으며, 그 순간의 행복을 배로 즐길 수 있는 좋은 점이 있더라고.

　이처럼 같은 곳을 가더라도 누구와 함께 가느냐에 따라 느끼는 점이 달라. 인생도 마찬가지야. 그러니 매일 같은 날에 같은 시간에 똑같은 일을 한다고 해서, 얻는 것이 매일 똑같지 않다는 거야. 인생은 단조로운 매일의 반복이 아니라, 매일 반복되는 일상에서 새로운 걸 발견하는 해적선 지도와도 같아. 결국 인생은 지루한 반복을 통해 새로운 걸 찾아내는 즐거움이 숨어 있지. 그러니 일상에서 끊임없이 새로움을 발견할 수 있는 센스를 잘 키워 봐.

오늘 학원 교과서를 가방째로 잃어버려서 속상하지? 엄마한테도 혼나 억울한 마음도 들겠지만, 이 일도 너에게 좋은 교훈이 되었으면 좋겠어. 세상에는 예상치 못한 일들이 무수히 많으니까.

엄마도 너를 혼내는 것만으로는 해결이 안 된 화를 가라앉히느라 무려 2L의 커피를 마셨단다. 같은 장소에서 같은 일을 겪더라도, 다른 감정을 느낄 수 있는 게 인생이란다. 오늘은 교과서를 잃어버려서 속상했지만, 내일은 같은 장소에서 새로운 발견이나 기쁨을 느낄 수도 있어.(예를 들면, 잃어버린 교과서를 다시 찾는다든가?)

이렇게 같은 곳에서 다른 느낌을 경험하는 것이 바로 인생의 묘미야. 하루하루가 똑같다고 느낄 수 있지만, 그 안에서 새로운 것을 발견하고 배우는 과정이 너를 더 성장하게 할 거야.

오늘의 실수도 언젠가는 웃으면서 얘기할 수 있는 소중한 추억이 되길 바라며, 엄마는 너의 잃어버린 책을 찾으러 가 볼게.

천방지축 딸
& 해결사 엄마

어린 시절부터 넌 마치 문제를 불러오는 자석 같았어. 유치원 시절부터 시작된 너의 말썽 부리는 성향은 엄마에게 끊임없는 도전을 안겨 주었지. 특히, 네가 지금까지 고치지 못한 손톱 무는 버릇은 단순한 습관을 넘어서, 사람마저 물어 버리는 행동까지 이어졌어. 화가 날 때마다 친구들을 물어 버리는 네 행동 때문에, 선생님의 전화는 거의 일상이 되어 버렸고, 엄마는 늘 긴장의 끈을 놓을 수 없었단다.

그중 기억에 남는 에피소드는 네가 한 친구의 등을 멍이 들 정도로 물었을 때야. 그 일로 인해 피해자 아버님과의 통화까지 이어져야 했고, 엄마는 너 대신 허리 굽혀 사과해야만 했어. 엄마는 상황을 진정시키기 위해 사정하며 꼭 찾아뵙겠다고 약속했고, 다행히 피해자 아버님은 엄마의 진심을 알아주고 용서해 주셨어.

이처럼 너로 인해 엄마는 예상치 못한 상황에 대처하고, 너의 잘못을 수습해야 하는 일이 자주 있었지. 하지만 시간이 지나면서 너도 조금씩 변했고, 이제는 남에게 피해를 주는 일은 하지 않았어. 오히려 이제는 자주 다치고 들어오는 너로 인해, 엄마의 걱정은 아직도 진행 중에 있다는 것만 알아줘. 이렇듯 너의 작은 사고들이 엄마에게 큰 걱정거리였어.

엄마는 언제나 너의 든든한 지원군이었어. 네가 무심코 범한 실수를 하나하나 수습해 주었었어. 우리는 그렇게 각자의 역할과 책임을 갖고 있었어. 네가 학교에 입학하면서부터, 그 역할과 책임이 더욱 명확해졌어.

입학하고 나서 처음으로 반 모임에 참석했어. 전에는 직장인 엄마라 참석하지 못 했지만, 이번은 너에게 친구를 더 많이 만들어 주고 싶은 마음에 나갔어. 그 뒤로 친해진 엄마들과 자주 카톡을 주고받았어. 그러다 반에서 네가 친구들한테 팔찌를 만들어 주고 그에 따른 대가를 바란다는 얘기를 듣게 되었어. "애가 너무 밝히는 거 아니냐?"라고 따지는 엄마도 있었어. 지금 생각해 보면 그 사건들을 사고라고 표현하기엔 다소 과하지만, 너의 행동 뒤에는 치러야 할 대가가 따랐지. 그 후 엄마는 너와 함께 받은 물건들을 직접 돌려주며 사과하러 다녔던 시절이 생각이 나.

얼마 전, 네가 갑자기 엄마한테 선물 리스트를 보여 주더라. 생일이라며 이 친구는 뭐 사 줘야 하고 저 친구는 뭐 줘야 한다며 리스트까지 짜 놓은 걸 보고 깜짝 놀랐어. 그러다 어릴 때 일이 생각나서 한마디 했더니, 너는 요즘 다 그런 거라며, 다른 친구들도 자기에게 선물을 요구했고, 원하는 걸 주어야 서로 행복하지 않겠냐고 따지듯이 대답했지. 그 순간 어쩌면 네 말이 맞을 수도 있다고 생각했어.

사고를 치고 그 뒷수습하는 과정에서, 엄마는 한 가지 중요한 깨달음을 얻었어. 그동안 문제해결에만 급급했던 엄마는 너의 말에 귀 기울이는 것이 얼마나 중요한지를 간과했어. 엄마는 네가 왜 그런 행동을 했는지에 대한 이유보다는 문제를 해결하기에 급급했어.

만약 엄마가 더 일찍부터 너의 이야기에 귀 기울였더라면, 너의 성장 과정이 조금 더 빠른 길을 택하지 않았을까 하는 생각이 들었어. 네가 왜 그런 행동을 했는지, 그 배경에는 어떤 이유가 있었는지를 알았다면, 아마도 너를 덜 혼냈을 거야.

너를 대하는 엄마의 태도가 어떠하냐에 따라 너의 성장에 큰 영향을 미치는 걸 알게 되었어.

이 모든 것은 결국, 사랑과 이해, 그리고 소통의 중요성을 다시 한번 일깨워 주는 계기가 되었어. 일상에서 서로의 말에 귀 기울이고, 마음을 열어 이해하는 자세가 엄마와 너 사이의 건강한 관계를 만드는 첫걸음임을 잊지 않을게.

엄마는 우리 관계에서 더 많이 대화하고, 서로의 생각과 감정을 공유하는 것이 얼마나 중요한지 다시 한번 깨닫게 되었어. 계속해서 배우고 성장하며, 서로를 더 잘 이해하기 위해 노력해 보자.

엄마로서 너의 밝은 면을 더욱 존중하고, 네가 주고받는 것의 의미를 다시 생각할게. 앞으로도 우리는 서로의 역할과 책임을 다하며, 더욱 성장할 거라 믿어. 네가 어려운 사람을 도와주고, 남을 배려하는 아이로 성장하면 엄마는 참으로 기쁘고 자랑스러울 거야. 어린 시절의 실수와 도전이 너에게 책임감과 감사함을 알게 해 주었지.

이제 엄마는 너를 대신해 문제를 해결하는 사람이 아니라, 네가 필요할 때마다 도움을 줄 수 있는 인벤토리 같은 지원자가 될게. 네가 필요로 할 때 언제든지 꺼내 쓸 수 있는 지혜와 조언을 가득 담고 있는 창고처럼 말이야. 어린 시절의 실수를 통해 큰 성장을 이루었고, 그 실수가 너에게 큰 교훈을 주며 너를 더 어른스러운 아이로 만들었다는 것을 엄마는 자랑스럽게 생각해.

사랑하는 딸아, 앞으로는 무슨 일이 있더라도 네 얘기에 먼저 귀를 기울일게. 네가 겪는 모든 일, 너의 생각과 감정에 대해 말이야. 우리가 서로에게 더 개방적이고 이해심 많은 관계가 되면 좋겠어.

엄마는 너의 내면세계를 이해하고, 네 감정에 깊이 공감하려고 노력할 거야. 이것은 우리 사이의 신뢰를 더욱 강화하고, 어떤 상황에서도 긍정적인 결과를 이끄는 튼튼한 기반을 마련해 줄 것이라고 믿어.

엄마의 갱년기
& 딸의 사춘기

엄마가 원래 다혈질이긴 했지만, 요즘 들어 더 심해진 느낌이 들어. 그 증상은 책에서 본 조기 갱년기와 비슷한 것 같아. 어릴 때 엄마가 항상 너에게 이런 얘기를 했었지, 제발 너의 사춘기와 엄마의 갱년기가 겹치지 않았으면 좋겠다고 말이야. 말이 씨가 된 걸까? 왠지 아슬아슬한 경계가 무너질 것 같은 예감이 들어.

어느 순간부터 화가 많아지는 걸 느꼈고, 한여름도 아닌 날씨에 선풍기 없이는 못 사는 엄마를 발견했어. 인정하기 싫지만, 아마도 조기 갱년기 같아. 그러다 오늘 아침에 일이 터지고 말았지.

더운 날씨에 짜증이 가득한 엄마에게 네가 일을 더 만들어 주자, 크게 화를 냈었지. 움직일 힘도 없는 엄마 앞에서 널브러진 옷을 밟아가며, 패션쇼를 하는 너를 좋게 볼 수 없구나. 학교 갈 시간이 다가오는데도 통화를 멈추지 않는 너를 보며, 엄마는 또 얼음을 씹으며 화를 참았어.

네가 등교하고 나서, 엄마는 혼자 생각에 잠겼어. 과연 이건 엄마의 갱년기로 인한 화일까? 아니면 서로를 이해하지 못한 결과일까? 결국 엄마는 너무도 다른 우리 둘이 서로를 조금씩 이해해 가는 시간이 필요함을 느꼈어. 우선 가장 중요한 진로 탐험, 핸드폰의 용도, 패션 등 세 가지에 대해 이해해 보도록 노력할게.

엄마는 안정적인 직업을 선호하는 편이야. 공무원이나 대기업에 들어가는 것이 좋다고 말하는 이유도 바로 그것 때문이야. 엄마는 안정적인 직업이 행복을 가져다 준다고 생각했어. 하지만 너는 창의적인 일을 하고 싶어 하고, 예술가가 되길 간절히 원하지. 연예인이 웬 말이냐? 라고 했지만, 그래도 엄마는 네가 가진 꿈과 열정을 존중해. 다만, 엄마는 네가 선택한 길이 험난함을 알고 있기에 걱정이 앞서는 거야. 그래도 너의 선택을 믿고 지지할 의향은 항상 있어.

그리고 어디를 가든 핸드폰을 들고 있는 네 모습이 엄마에게는 어딘가 불편하게 보였어. 가끔은 왜 가족들과 함께 시간을 보내지 않고 핸드폰만 보는지 궁금해지기도 해. 엄마는 가족과 대화하면서 보내는 시간이 소통의 중심이라고 생각했어. 하지만 너는 디지털 기기를 통해 친구들과 소통하고, 정보를 얻는 일상이 되었지. 이런 차이로 인해 서로의 소통 방식을 이해하는 데 어려움이 있음을 느낄 때가 많았어. 이제 엄마는 너의 세대가 어떻게 소통하고 정보를 얻는지 이해하려고 해. 대신 너도 가끔은 가족과 함께 대화하는 시간을 가져 줬으면 좋겠어.

다음은 네 옷차림에 관한 얘기를 해 볼게. 때로는 너의 옷차림이 너무 과감하다고 느껴질 때가 있어. 엄마는 단정하고 보수적인 스타일을 선호하지만, 너는 자신만의 개성을 드러내는 패션을 즐기지. 이런 차이 때문에 서로의 스타일을 이해하기 어려워서 다툼도 많이 했었지. 엄마는 단정하고 정돈된 옷차림을 선호하지만, 자신의 개성을 드러내는 너의 패션 또한 존중하고 이해하려고 노력할게. 그러니 너도 너무 과함이 묻어나는 건 자제 부탁해.

이렇게 세대 차이로 인해 진로 선택, 소통 방식, 패션과 스타일 등 다양한 부분에서 서로의 가치관이 다를 수 있다고 생각하니, 모든 일에 예민했던 엄마의 마음이 조금은 누그러졌어. 서로의 입장을 이해하고, 대화를 통해 생각을 공유하는 것이 세대 간의 갈등을 줄이는 데 도움이 되는구나. 세대 차이는 피할 수 없는 현실이지만, 서로의 차이를 인정하고 존중하는 자세를 취하면 서로를 더 이해하게 돼. 그러니 서로 한발씩 물러서서 객관적인 시선으로 서로를 바라보며 이해해 보도록 노력해 보자.

우리는 서로 다른 세대와 개성을 지니고 있어. 이런 차이점을 통해 서로에게서 배우고 이해하며 맞춰갈 수 있다고 생각해. 서로가 서로에게 가끔은 부담스럽게 느껴질 때도 있을 거야. 하지만 서로의 차이점을 인정하고, 서로를 존중하면서 함께 성장해 나가자.

엄마는 너를 항상 사랑하고, 너의 행복을 진심으로 바라고 있어. 물론 병원을 가 봐야만 정확한 진단이 나오겠지만, 아마 오래전 얘기처럼 너의 사춘기와 엄마의 갱년기가 겹친다고 한들 우리는 잘 지낼 수 있을 거야. 서로의 이해와 배려가 밑바탕이 된다면 말이야.

사춘기는 어릴 때 혼란에서 자아를 찾는 것이고, 갱년기는 자아를 찾은 자신이 희생을 배울 시기라고 해. 둘 다 힘내어 각자의 성장에 맞춰 나가자. 우리가 서로 다른 세대에 속해 있다는 사실은 때때로 우리 사이에 이해의 벽을 만들기도 하지만, 다른 세대라도 사랑하는 마음은 같을 거야. 엄마는 너를 진심으로 사랑하고 소중하게 느끼고 있어.

새 옷 좋아하는 딸
& 낡은 옷 버리지 못하는 엄마

아침마다 옷들이 바닥에 이리저리 흩어져 있고, 거울 앞에 선 너는 마치 패션쇼의 주인공처럼 이것저것 번갈아 가며 입어 보는구나. 너는 너대로 깊은 고민에 빠져 있지만, 엄마는 엄마대로 깊은 화에 빠져 있어. 엄마의 마음속에서는 마치 뜨거운 찌개가 끓어오르듯, 그 온도만큼이나 뜨거운 감정이 솟구치고 있는 걸 너는 모를 거야. 결국 "등교 10분 전에 꼭 이렇게 해야 하냐고!" 소리를 지르고 나서야 너의 행동은 끝을 보였지.

한 달에 한 번 옷을 사는 너와는 달리, 1년에 손꼽을 정도의 쇼핑을 해도 충분한 엄마로서는 도무지 네가 왜 옷이 없다고 투정하는지 이해가 안 돼. 지난주에도 옷을 세 벌이나 샀음에도 또다시 옷이 없다니, 정말 미스테리야.

이번에는 양말 선택에 봉착했구나. 지각할까 봐 서두르라는 엄마에게 너는 "엄마 때문에 긴 엄지를 물려받아 자꾸 뚫려."라며 양말 얘기는 하지 말라고 선을 긋는 네 모습에 정말 당황스러웠어. 하루 만에 양말이 마치 하이

킥을 차듯 뚫리는 너의 상황은 어느 정도 이해는 하지만, 그렇다고 해서 네가 가진 선택 장애에 대해 엄마가 항상 이해해 줄 수는 없단다.

아침마다 반복되는 옷 선택의 고통, 옷장 속에는 수많은 옷이 있음에도 입을 옷이 없다는 네 말에 엄마의 머리는 더욱 아파 와. 네가 가진 선택 장애가 단지 옷이나 양말에 국한된 문제가 아니라는 엄마는 이미 알고 있었으니 말이야.

하물며 밥 먹을 때도 결정을 못 해 메뉴 두 개 고르기 일상이고, TV 시청할 때도 이것저것 돌리며 뭘 볼지 결정 못 할 때가 많지. 하지만, 엄마로서는 너의 그런 모습을 보며 어떻게 도와줘야 할지, 그리고 어떻게 널 이해해야 할지 참으로 난감해.

어쩌면 엄마가 너를 이해하기 힘든 이유는 너와의 반대 성향을 지니고 있기 때문일 거야. 1년에 손꼽을 정도로 쇼핑하는 엄마와 다달이 쇼핑하는 너와의 성향 차이. 쇼핑을 안 해도 옷이 넘쳐나는 엄마와 매달 옷을 사도 입을 게 없는 너와 엄마는 둘 다 단점을 지니고 있어. 너는 옷을 자주 사고 잘 버리지만, 엄마는 잘 버리지 못하고 쇼핑을 안 하는 단점이 있어.

엄마는 결정과 판단이 무지 빠른 사람이야. 하지만 옷을 버리는 것에 대한 결정장애가 있어. 살이 쪄서 들어가지 않는 옷임에도 불구하고 그 옷을 버리지 못하지. 추억이 깃든 옷들이라, 그걸 버리면 추억도 함께 버려질 거 같아서 버릴 수가 없더라고.

하지만 그 어떤 선택을 하던 우리는 선택할 수 있는 용기가 있어야 한다는 것이야. 삶의 여정은 때때로 우리 앞에 수많은 길을 펼쳐 놓을 때가 있어. 그 길 가운데에서 우리는 선택해야만 해. 어떤 길은 분명하고 확실해 보이지만, 어떤 길은 안개에 가려져 잘 보이지 않아. 가끔은 그 끝이 어디인지 알 수 없을 때도 있어. 이런 순간, 우리는 결정장애에 빠질 수 있어.

결정장애는 자신을 못 믿어서 생기는 질병과도 같아. 자신을 믿게 되면 그 결과에 대한 책임을 질 수 있지만, 못 믿으면 회피하는 경향이 생기게 되지.

우리 인생에서 선택은 불가피하며, 때로는 그 선택들이 우리를 성장하게 만들어. 선택의 순간은 단순히 무엇을 선택하는 행위로 국한되지 않아. 그것은 자신을 더 잘 알아 가고, 자신의 가치와 우선순위를 세워 보는 시간이기도 해.

결정장애는 너만의 문제가 아니야. 많은 사람이 비슷한 고민을 하며 살아가고 있어. 그리고 그 고민을 극복하기 위해 다양한 방법이 존재한다는 걸 알려주고 싶어.

 첫째로, 작은 결정부터 시작해 보자. 아침에 무엇을 입을지 결정하는 것처럼 말이야. 이런 작은 결정을 통해 결정을 내리는 연습을 하고, 점차 더 큰 결정으로 나아갈 수 있어. 예를 들면, 전날 저녁에 미리 옷을 골라 놓는 거야.

 둘째로, 너의 결정을 믿어 줘. 한번 결정했다면 그 선택을 신뢰하고, 그 결과에 대해 너무 걱정하지 않도록 해. 모든 결정이 완벽할 수는 없지만, 그 선택을 통해 너는 많은 걸 깨닫게 되고 많은 걸 배우게 되지.

 마지막으로, 네가 어떤 선택을 하든, 엄마는 항상 네 편이라는 것을 기억해 줘. 엄마는 네가 결정을 내릴 때마다, 자신감을 가지고, 그 결정이 너를 이끄는 대로 그 여정을 즐길 수 있는 사람이 되기를 바랄게.

 그러기 위해서 우선, 결정을 내리기 위한 용기가 필요해. 용기란 불확실성 속에서도 한 발짝 나아가는 힘을 말해. 때로는 두려움과 불확실성이 너를 사로잡을 수 있지만, 결정을 내릴 용기가 있다면 그 순간 너는 이미 중요한 한 걸음을 내딛는 것이나 다름없어. 용기는 너의 내면에서 비롯되며, 자신에게 줄 수 있는 가장 큰 선물 중 하나야.

 용기는 큰 행동에서만 나타나는 게 아니야. 작은 결정에서도, 우리가 두려움을 마주할 때마다 나타나. 우리가 두려워하는 것들은 대부분 마음속 깊은 곳에서 솟아지지. 그러한 두려움을 인정하고 마주하는 것 자체가 이미 큰 용기라고 할 수 있어. 때로 자신을 의심할 수 있어 "나에게 정말 용기가 있을까?" 하고 말이야.

하지만 너에게 말해 주고 싶어, 용기가 없다고 생각하는 순간에도, 너는 이미 용기 있는 행동을 할 준비가 되어 있다는 걸. 용기란 두려움이 없는 것이 아니라, 두려움이 있음에도 불구하고 앞으로 나아가는 것이야.

너는 용기를 가진 사람이야. 네가 어떤 도전에 직면하든, 그것을 이겨 낼 힘이 네 안에 있다는 것을 잊지 마. 두려움을 느끼더라도, 그것을 뛰어넘을 수 있는 용기가 네 안에 있어. 엄마는 항상 너를 믿고 있으며, 네가 어떤 어려움도 극복할 수 있다고 믿어.

엄마는 네가 자신의 선택에 조금 더 자신감을 가지면 좋겠어. 매일 아침의 옷 선택이 스트레스가 아닌 행복한 시간이 될 수 있도록 엄마가 도와줄게. 어쩌면 너의 선택 장애가 너를 더욱 성장하게 하는 계기가 될 수도 있어. 엄마는 언제나 네 편이니까, 네가 필요로 할 때 언제든지 도움을 요청해도 돼.

그러니까, 내일 아침에도 거울 앞에서 서성이며 옷을 골라도 엄마는 조금 더 여유로운 마음으로 너를 기다릴게. 그리고 양말? 그것도 함께 해결해 보자. 결정의 순간마다 용기를 내어 당당히 한 발짝 나아가길 바랄게.
너의 여정이 어떤 것이든, 너는 그 길을 잘 걸을 수 있어.

어쩌면 우리 둘 다 이런 작은 문제들을 통해 더욱 가까워질 수 있을 테니
까. 네가 선택의 순간에 서 있을 때마다, 마치 한 장의 종이배가 큰 파도 위
에서 흔들리듯, 네 마음도 그렇게 흔들리고 있음을 느껴.

하지만, 네가 가진 결정장애는 너의 전부를 정의하지 않아. 모든 선택이
너를 무너뜨리게 만들지는 않는다는 걸 기억해 주면 좋겠어. 그것은 단지
네가 마주한 도전 중 하나일 뿐이야. 너는 그 도전을 극복할 수 있으며, 엄
마는 항상 네가 그렇게 할 수 있도록 응원할 거야.

전생의 딸
& 미래의 딸

엄마에게는 특별한 취미가 있어. 그건 바로 미래를 예견하는 타로점을 보는 거야. 타로를 좋아하는 이유는 미래에 대한 불확실성 때문인지, 아니면 미리 알고 싶은 욕구 때문인지 정확히는 모르겠지만, 어쨌든 아주 흥미로운 일이라고 생각해.

너에게 종종 전생과 미래에 관한 이야기를 하고는 하지만 넌 전혀 흥미가 없었지. 하지만 엄마는 그 이야기가 신기할 정도로 현실과 가까워 보여서 흥미로웠어. 어쩌면 이러한 상상은 전생과 미래가 진짜 존재한다는 생각이 들게 만들 때도 있어.

오늘도 원고에 치이는 바쁜 하루를 보낸 엄마는 하루의 마지막 코스로 타로를 보기 위해 안방을 향해 발걸음을 옮겼어. 내일의 타로 운을 보기 위해 침대에 누워 유튜브 채널을 열었어. 원고 마감이 코앞인데도, 이 시간만큼은 꼭 사수하고 싶었어.

애용하는 타로 리더가 곧 엄마에게 계약 건이 두 개가 보인다고 했어. 그 말을 듣고 엄마는 일에 치여도 여한이 없으니, 제발 그렇게 되기를 빌었어.

그리고 3일 후, 정말로 계약 건이 두 개나 성사되었어. 그로 인해 엄마는 이 새벽에 아무도 시키지 않은 자체적 야근을 실행하고 있어. 회사 다닐 때는 칼퇴근의 원칙을 세웠던 엄마가, 스스로 야근하다니. 밥 먹는 시간만 빼고 요즘은 오직 글쓰기에만 몰두하고 있어.

그 모습을 보며 너는 "울 엄마, 고생 많네. 쉬엄쉬엄해."라며 말했지. 평소에는 절대로 너한테서 들을 수 없는 따뜻한 위로의 한마디였지.

위로의 말도 놀라울 따름이지만, 네 표정이 엄마를 더 당황케 했어. 엄마를 바라보는 네 눈에는 따뜻함과 안쓰러움이 가득했어. 마치 밤새워 공부하는 딸을 바라보는 부모의 눈빛과 흡사했지. 그 순간, 엄마는 마치 너의 딸이 된 기분이었어.

가끔 너의 어른스러운 눈빛을 볼 때마다 전생에 엄마가 네 딸이었을지도 모른다는 생각이 들어. 전생에 네 딸로 태어난 적이 있었다면, 그때는 아마도 지금과는 다른 형태의 사랑과 배움을 경험했을 거야. 너의 어른스러운 면모와 다채로운 감정 표현은 엄마에게 많은 걸 배우게 했어.

어쩌면 자식과의 관계는 우주의 수많은 별처럼, 어떤 삶에서는 빛나는 별이 되기도 하고, 어떤 삶에서는 그저 먼지처럼 사라지기도 해. 엄마가 너의 엄마로서 겪는 갈등과 이해의 부재, 그리고 때로는 짜증 내는 그런 순간들이 우리 관계의 전부는 아니지만, 그럼에도 너와의 관계는 엄마의 삶에 있어서 가장 소중한 부분이야.

가족이란 서로를 이해하려 노력하고, 때로는 실망하고, 다시 화해하며, 결국에는 서로가 없이는 살 수 없는 관계가 되는 것. 엄마와 너의 관계도 마찬가지로 때로는 서로를 이해하지 못하고 다투기도 하지만, 결국에는 서로를 향한 사랑과 이해로 다시 서로를 보며 웃게 되지.

너의 똑똑함과 확고한 개성 앞에서 엄마는 종종 방어적인 태세를 취하고는 했어. 너는 다른 아이들과는 달리, 너만의 방식으로 세상을 이해하고, 때로는 그것이 엄마를 당황하게 만들지. 하지만 이는 너의 독특함과 창의력이 빛나는 순간이기도 함으로 엄마가 오히려 감사해야 할 부분이야.

요즘 〈선재 업고 튀어〉를 보며 만약 미래가 아닌 전생도 갈 수 있다면 얼마나 좋을까? 라는 생각을 했어. 만약 전생과 미래가 진짜 존재한다면 그것만큼 흥미로운 것도 없을 거야. 가끔 전생에 엄마가 너를 너무 괴롭혀서 이번 생에서는 관계의 전환을 거쳐 엄마 딸로 태어난 것은 아닐까? 하는, 허무맹랑한 생각마저 들어.

미래의 어떤 딸로 환생한다면, 엄마는 전생의 기억을 가진 너로 태어나고 싶어. 그 이유는 간단해. 사춘기인 네가 현재 무엇을 원하는지, 어떤 감정을 느끼고 있는지를 미리 알고, 그 지식을 바탕으로 너와 더욱 깊은 소통을 하고 싶기 때문이야.

또한, 너와 엄마 사이의 오해를 해소하고, 서로의 입장을 더욱 잘 이해해 나가고 싶어. 이는 우리 관계를 더욱 강화하고, 서로에 대한 이해와 사랑을 깊게 할 거야.

하지만, 전생의 네 딸과 다음 생의 네 딸을 선택하라면, 나는 주저 없이 지금의 너의 엄마를 선택할 거야. 우리가 함께하는 이 시간은 너무나 소중하고, 너와 함께하는 모든 순간이 엄마에게 큰 기쁨과 보람을 줘. 때로는 힘들고 어려운 순간도 있지만, 너와 함께하는 이생의 경험은 엄마에게 큰 축복이야.

이렇게 너와의 특별한 인연을 소중히 여기며, 엄마는 오늘도 너의 엄마로서 삶에 감사하며 앞으로 나아가고 있어. 앞으로도 우리는 서로에게 많은 것을 배우고, 더 깊은 사랑을 나누게 될 거야.

화장실에 가기 위해 잠에서 깬 너를 보며, "전생에 엄마가 네 딸이었나 봐."라고 말했더니, "잠을 못 자서 이상한 소리를 하는 거야?"라며 핀잔을 주고 방으로 들어가는 네 모습에, 엄마는 "역시 내 딸이야." 하며 혼잣말을 뱉었어.

전생에 엄마가 네 딸이었건 아니었건, 다음 생에도 우리가 다시 가족으로 태어나길 바라는 마음이 계속해서 머릿속을 맴돌아. 다음 생에서는 우리 부부로 만날까? 혹은 형제자매로 만날까? 결국 엄마는 이생에서 너와의 인연이 끊어지는 걸 바라지 않아. 그러니 다음 생에서도 또 만났으면 좋겠어. 이 말을 들으면 넌 아마 진저리를 치며 싫다고 할 거야, 그렇지?

그래도 어쩔 수 없구나. 엄마의 이기적인 욕심을 한번 부려 보고 싶어. 딸아, 다음 생에도 어떤 관계로든, 우리 다시 만나길 바라며 이생을 아름답게 꾸며 나가자. 엄마 딸이 되어 줘서 고마워.

특별한 '소울메이트'

벌써 우리가 이사 온 지 3년이나 되었구나. 시간이 참 빠르게 흘러가네. 너는 시간이 왜 이렇게 안 가고, 빨리 어른이 되고 싶어 하지만, 엄마는 시간이 좀 더 천천히 갔으면 좋겠어. 어릴 때 엄마도 빨리 어른이 되고 싶었어. 하지만 지금 돌이켜 보면, 그때의 시간을 학업에 좀 더 활용했다면, 지금보다 더 큰 사람이 되지 않았을까 싶어. 엄마는 잠시 세상에서 가장 쓸모없는 '후회'란 감정에 빠져 봤어.

그런 이유로 엄마는 너의 학업에 많은 관심을 가졌었어. 경기도로 이사 올 때도 가장 걱정된 부분이 바로 너의 학습이었어. 목동과 거리가 가까운 강서의 매력을 버릴 수가 없었어.

3년 전, 엄마는 이사를 위해 많은 집을 알아보았어. 같은 동네에서 위쪽 대단지 아파트가 살기 좋다는 얘기를 들었어. 엄마도 그곳에 대해 알아보았지만, 국가의 도움을 받아도 그곳의 이자 부담은 우리의 허리를 휘게 할 정도였어. 그렇게 그 아파트는 엄마에게 꿈속의 보금자리로 남았어.

6개월 뒤, 엄마들의 단톡에서 충격적인 소식을 접하게 되었어. 바로 엄마가 꿈꾸던 그 아파트에서 중학생 여자아이가 고층에서 투신한 충격적인 사건이 발생한 거야. 처음에는 사실이 아니라는 얘기가 돌았지만, 엄마들 사이의 생생한 이야기를 듣고 나서야 사실임을 인정할 수밖에 없었어.

엄마들은 자식을 깊이 사랑하지만, 때로는 그 사랑이 자식에게 부담으로 작용할 수 있다는 걸 이 사건을 통해 알게 되었어. 공부에 집착하는 엄마 때문에, 자식이 죽음을 선택했다는 비극적인 얘기가 요즘 자주 들려와. 공부의 압박이 얼마나 그들을 괴롭혔으면 소중한 목숨까지 내려놓을 생각을 했을까? 그날 이후로 엄마는 너에게 공부를 강요하지 않겠다고 다짐했어. 비록 그 다짐이 그리 오래가지는 못했지만 말이야.

이 사건이 말해 주듯이, 부모의 극성이 아이를 한순간에 죽음으로 몰아갈 수 있다는 사실이야. 결국 부모는 아이가 태어날 때, 바라는 건 오직 건강이라는 첫 바람을 잊고, 세상의 물질적인 욕망에 휘둘려 아이를 몰아가는 무서운 세상이 되어가는 현실적인 사회를 반영하고 있어. 엄마도 잠시 욕망에 휘둘려 본질적인 마음을 잊고 있었어.

그날 저녁, 엄마는 평소와 달리 먼저 다가가 너를 안아 주며, "건강하게 커 줘서 고마워. 공부는 그만해도 돼."라고 말했어. 그 말에 불편함을 드러

내는 너의 눈빛을 엄마는 지금도 잊지 못할 거 같아. 평소와는 다른 엄마의 모습을 본 너의 눈에는 당황과 혼란이 가득했어.

"자식은 엄마의 소유물이 아니다."라는 얘기가 오늘따라 마음에 너무 와 닿았어. 자식은 부모가 이루지 못한 꿈을 이루어 주는 아바타가 아님을 전 세계 부모들이 알아주면 좋겠어. 부모가 자녀의 고유한 특성을 인정하고 지지해 주며, 그들이 자신의 길을 찾도록 도와줄 때, 부모와 자녀 사이의 관계는 더욱 건강하고, 긍정적으로 발전할 수 있어. 서로의 차이를 존중하고, 이해하며, 지지하는 것은 가족 간의 강한 유대감을 형성하는 기반이 되기도 해.

학년이 올라가면 갈수록 공부는 더 힘들어지고 수업 시간이 길어진 너는 어떻게든 놀기 위해 억지로 공부하는 모습을 보여 주지만, 이 사건으로 엄마는 그냥 잠시 기다려 주기로 했어.

딸들의 마음속에는 엄마를 미워하는 검정과 엄마와 잘 지내고 싶은 감정이 공존한다고 해. 결국 모녀 관계도 사람과 사람 간의 관계이기 때문에 문제가 더 크게 발생하는 거야. 세상에는 실로 다양한 유형의 엄마들이 있어. 충분히 사랑을 주지도 않고 칭찬에 인색한 방치 부정형부터 자식의 모든 것을 사사건건 참견해 혼자서는 아무것도 하지 못하게 만들어 버리는 과잉

간섭형까지. 엄마는 아마도 후자인 거 같아.

   너의 어떤 점이 엄마의 단점과 비슷하다고 느껴지는 순간 엄마는 자신을 보는 것 같아 싫을 때가 있었어. 부모와 자녀 사이에 공통된 점이 있을 수 있지만, 모든 면에서 비슷하다고 기대하는 것은 자녀의 개별성을 무시하는 거야. 엄마와 딸은 각자 다른 욕구를 지닌 타인이야. 자녀는 부모와 별개의 독립된 개체로, 자신만의 독특한 성격, 취향, 그리고 능력을 지니고 태어나. 하지만 이 사실을 인정하지 못하고 딸을 자신의 분신이라 여기면 엄마는 딸의 인생에 엄청난 관여와 지배를 하게 돼.

   엄마는 푸른 하늘을 정말 좋아해. 파란색은 '하늘의 여왕'으로서의 '태모', 천공 신이나 하늘에 속하는 영적 존재의 색이라고도 해. 하늘의 파란색이 주는 평온함과 넓은 마음으로, 너를 사랑하고 지켜줄게. 하늘의 여왕이 아이들을 보호하고 성장시키는 것처럼, 엄마도 너를 소중히 여기고 너의 성장을 도와줄 거야.

   푸른 하늘을 볼 때마다 엄마를 떠올리면 좋겠어. 그 넓고 깊은 하늘처럼, 엄마의 사랑도 끝이 없고 무한하단다. 하늘의 기운을 받아 너를 키우며, 너에게 무한한 가능성과 희망을 심어 줄게. 너는 엄마에게 하늘의 축복 같은 존재야.

서로의 생각 기준이 다르듯이, 아무리 자식이라도 엄마의 기준으로 판단하거나 답을 정해 놓으면 안 된다는 걸 깨닫게 된 하루야. 과거는 추억이라 불리고 미래는 희망이라 불러. 엔조이커플이 네모 박스에 행복을 적어 넣듯이, 우리는 신성한 뇌의 기능을 이용해, 너와 엄마의 추억을 기억하고 미래를 희망하면 어떨까?

앤드류 매튜스가 남긴 명언이 있어. "당신은 다만 당신이란 이유만으로도 사랑과 존중을 받을 자격이 있다." 그러니 너도 '너라는 이유만으로 모두에게 사랑과 존중을 받을 자격이 있다.'라는 거야.

서로 다른 존재를 인정하는 순간 우리는 아주 좋은 모녀 '소울메이트'가 될 수 있다는 예감이 들어. 그러니 오늘부터라도 서로를 조금 더 이해하고 가까운 '소울메이트'가 되는 건 어떨까?

그러기 위해 엄마는 오늘 피자를 주문할까 싶어. 일종의 사탕발림이라도 해 두지. 네가 어떤 투정을 부려도 그 모습이 엄마를 얼마나 화나게 해도 엄마가 너를 향한 사랑은 변하지 않아. 너는 엄마의 소중한 메이트야.

언제가 엄마를 떠날 때가 왔을 때, 이 책이 너한테 도움이 되길 바라며, 엄마는 이만 피자 사러 가 볼게.

♦

말 많고 탈 많은 루돌프에게

이 글을 쓰면서 문득 떠오르는 생각이 있었어. 엄마가 너에게 준 사랑이, 너의 외할머니가 엄마에게 준 사랑만큼 충분했을까?

결론은 아직 그 사랑만큼의 크기로 성숙하지 않았다는 판단이 들었어. 불과 2년 전까지만 해도, 타임캡슐이 있어서 10대로 돌아갈 수 있다면, 엄마는 주저하지 않고 그 기회를 잡았을 거야.

10대의 엄마는 그 누구보다 자신감이 넘쳤고, 시간적 여유와 체력이 충분했기 때문에 다양한 모험을 즐길 수 있었어. 부모님을 떠나 처음으로 독립을 시작했을 때의 그 설레는 마음은 아직도 생생하다 못해 그리울 때가 많아. 그때의 엄마는 다음 날을 생각하지 않고, 오늘이 마지막인 것처럼 행동하며 살았어. 하고 싶은 일만 하면서 살아온 10대가 엄마 기억 속에서 가장 행복한 시간이었어.

하지만 지금은 그 시간이 다시 주어진다고 해도 현재를 선택할 거야. 그 이유는 바로 네가 이 세상에 존재하기 때문이야. 네 덕분에 더 큰 도전을 할 수 있었어. 부모라는 큰 도전에 뛰어들게 해 준 너에게 고마워.

너와 함께한 모든 순간이 엄마에게는 새로운 행복의 시작이었다는 걸 이 글을 쓰면서 더 많이 느끼게 되었어. 추억을 하나씩 글로 옮겨 적다 보니 잊힌 기억들이 하나하나 떠올랐어. 생각보다 우리가 함께한 시간 속에 슬픔보다는 행복이 더 많았다는 걸 깨닫게 되었어. 때로는 힘들고 포기하고 싶어도 엄마라는 이유로 억지로 힘을 낼 때가 많았어. 하지만 이제는 억지스러운 심정 말고, 진심으로 우러나 힘을 내고 싶어졌어.

행복이란 기쁠 때만 해당하는 단어가 아닌 것을 지금에서야 알게 되었어. 힘든 건 가끔이었고, 행복한 시간이 더 많았다는 걸. 아플 때는 전혀 눈치채지 못했어. 마음이 상처가 엄마의 눈을 가려버려 이 행복을 지금에야 찾아냈어. 지금이라도 알았으니 그래도 다행이야.

너와 함께하는 지금이야말로 엄마에게 가장 소중하고, 무엇과도 바꿀 수 없는 시간이야. 너를 통해 엄마는 더 성숙한 사람으로 자라게 되었어. 이 책이 엄마와 너에게 소중한 추억을 다시금 되새기게 하고, 우리가 함께한 시간이 얼마나 소중한지 깨닫게 해 주면 좋겠어. 다시 엄마에게 "10대로 돌아가고 싶어?"라고 묻는다면 아마도 "아니요."라고 답할 거 같아.

삶은 천국과 지옥을 오가는 중간 세상을 맛보는 것과 같아. 그러니 매일 즐거울 수도 없고, 그렇다고 매일 힘들지도 않을 거야.

잘 사는 건 엄마가 생각하기에는 정확한 기준은 없어. 마음이 가는 대로 자신의 상처를 조금 덜 받는 방법을 택해서 살아간다면, 아마도 앞으로의 인생은 핑크빛으로 물든 아름다운 삶이 되지 않을까?

딸아, 영원히 네 편이 되어 줄 엄마가 너의 앞으로의 삶을 위해 조언과 바람을 함께 적어 봤어. 너의 바람대로 10년 뒤, 네가 이 글을 보았을 때 지금보다 더 큰 감동과 영감을 받게 되길 기대하는 바야. 아주 작은 행운에 감사하며, 살아 있음에 행복을 느끼는 그런 사람이 되길 바랄게.

이 글이 너에게 작은 기쁨과 위로가 되기를 바라며, 엄마는 네가 행복한 인생 여정을 아름답게 완주하길 응원해. 이 책을 통해 우리의 소중한 추억을 간직함으로써, 네가 앞으로 살아갈 나날이 행복한 꽃밭으로 다듬어지기를 간절히 소망해.

영원히 네 편이 되어 줄 산타가

끝으로, 이 책을 읽는 모든 분이 잊고 지냈던 아이와의 추억을 떠올리며 행복한 시간을 가지셨으면 좋겠습니다. 이 글이 여러분의 삶에 따뜻한 추억을 더해 줄 수 있기를 진심으로 바랍니다.

긴 글을 읽어주신 독자 여러분께 깊은 감사의 말씀을 드리며, 이 책이 여러분에게 특별한 감동과 소중한 기억을 남기기를 희망합니다.

그리고 제 글을 뽑아 주신 임종익 본부장님과 이 글을 정성껏 다듬어 주신 이예나 팀장님께 감사의 인사를 드립니다. 또한 저를 추천해 주신 김연준 작가님께도 진심으로 감사의 말씀을 전하고 싶습니다.